许久不见
XuJiu BuJian

刘欣 著

山东文艺出版社

图书在版编目（CIP）数据

许久不见 / 刘欣著. -- 济南：山东文艺出版社，2023.8

ISBN 978-7-5329-6964-7

Ⅰ.①许… Ⅱ.①刘… Ⅲ.①中国文学－当代文学－作品综合集 Ⅳ.① I217.2

中国国家版本馆 CIP 数据核字（2023）第 152685 号

许久不见
XUJIU BUJIAN

刘欣 著

主管单位	山东出版传媒股份有限公司
出版发行	山东文艺出版社
社　　址	山东省济南市英雄山路 189 号
邮　　编	250002
网　　址	www.sdwypress.com
读者服务	0531-82098776（总编室）
	0531-82098775（市场营销部）
电子邮箱	sdwy@sdpress.com.cn
印　　刷	山东新华印务有限公司
开　　本	880 毫米 ×1230 毫米　1/32
印　　张	4.5　插页 /6
字　　数	100 千
版　　次	2023 年 8 月第 1 版
印　　次	2023 年 8 月第 1 次印刷
书　　号	ISBN 978-7-5329-6964-7
定　　价	45.00 元

版权专有，侵权必究。如有图书质量问题，请与出版社联系调换。

她的童话是真的

魏然森

在千年古县沂水，热爱文学且写出过许多优秀作品的女作家不乏其人，但是她们大多喜欢创作散文、现代诗或诗词，喜欢用手中的笔记录行进的生活，回忆多彩的人生，慨叹逝去的时光，歌咏秀丽的风景，赞颂美好的时代……对于童话，愿意触及的不多，写得出色的更是凤毛麟角。而刘欣却是这"凤毛麟角"中的重要一员。

收入本书的十篇作品是她近二十年的创作成果，处女作《暗恋》创作于2006年，二十六岁的她以纯净悲悯的文字描写了一根孤独苦闷、渴望被爱却得不到爱的红蜡烛，将它的渴望、陪伴、无奈、分离、重逢、心碎的心路历程，以及敢爱敢恨、不怕撞南墙，即使自己明知会燃烧殆尽，但也不顾一切，并且也不被世人理解的情感经历展现得淋漓尽致。三年后，她又写出了《有趣的山林》，把一群动物在山林里的故事进行了生动有趣的呈现，也折射了我们所熟悉和体验过的现实社会的某些方面，读罢让人沉思。《丽绿刺蛾》最早写于2010年，是她下功夫最大的一篇作品。她曾反复修改润色，直到现在，本书即将付梓之时，她仍然根据编辑的意见，再次进行了修改加工。为一篇以昆虫为题材的作品，她如此执着认真，让人着实佩服。她所描写的对象在我们的生活中不被喜爱，在作品中却是单纯、善良的"刷架妹"。所谓的"刷架"，鲁南地区称之为"刷马架子"，学名"丽绿刺蛾"，是一种浑身带有毒毛的昆虫，人的皮肤一旦与其接触，立刻会刺痒难受，甚至会红肿起疱。然而就是这样一种令人讨厌的害虫，在她的笔下却被赋予了至真至善的灵魂，是"几乎付出了生命的代价救活蚯蚓王子"的美女。她的真实身份被蚯蚓王子嫌弃、厌恶，也未得到众人的理解。她面临生死存亡的重要抉择时，果断地放弃邪恶的求生，宁愿为美丽的传说赴死，让我们看到了一个胸怀宽广、大爱无私的光辉的女性形象，完全能够剥离记忆中有关"刷马架子"带给自己的痛。这篇作品的内涵极深，让我体会到了童话大师安徒生的某些风采。《跳蚤》是她十二年前的作品，主人公仍然是在人类面前不被待见、作品中却闪烁着耀眼光芒的"害虫"跳蚤。她以自己对现实生活的深度思考,塑造了一个在家族败类与人类英雄之间自我矛盾的复杂形象,读之能让我们迸发许多思想的火花。创作于2014年的《大龙》,是写人类的好朋友狗狗的,这本应该是一篇充满温情与浪漫的作品,但是刘欣仍然进行反向写作,她以沉痛的笔调去揭示人类文明外衣下的不文明,让许多狗狗以"惨不忍睹"的方式生活着,令人恍然大悟,也羞惭不已。《滴水恩情》的创作已到2016年,经历了许多人生颠簸的她,用这篇作品叩问社会:何以物欲横流?何以人情淡薄?何以真情不在?《许久不见》是她创作于2023年的最新作品,她以浓郁的情感,在春天的一个夜晚一气呵成。她没有表达太过深邃的思想内涵,但她写出了"我"与木瓜的物我两忘,道尽了"我是木瓜还是木瓜是我"的生命天问,其情、其景、其境巧妙融合,令人喟叹。《茉莉花开》呈现出她作品的另一种风格,其主题不再那么深沉,形象不再那么反向,她在某个清爽的清晨,发现茉莉花与蜜蜂之间的纯洁爱恋,过程是那样欢天喜地,结局是那样完美喜乐——"几万年后的一天,一位考古学家路经此地,在挖掘机挖出的石堆里惊奇地发现了它:'化石?真的是化石!'他把化石举过头顶,透过日光,清晰可见一层一层的白色花瓣。花瓣中间,一只蜜蜂身体呈蜷缩状,紧紧抱着那一株淡绿色的花蕊……"如此纯美的结局,在她的童话作中唯此一篇,却与其他作品一样,令人感慨万般。

中国当代著名的画家、文学家、诗人木心先生曾说,世界上写童话的人很多,只有安徒生写的童话是真的。为什么他说安徒生写的童话是真的?难道别人写的童话都是假的吗?真又真在哪里?假又假在何处?或许有人会说真就真在故事是真的,假就假在故事是胡编乱造的。但我反复琢磨后顿悟,所谓的"假",那是远离生活现实的虚构,是逃离社会悲哀的虚构。而"真",则是在天马行空的丰富想象之下,体现生命的真实、社会的真实、思想的真实、情感的真实,如此等等。

刘欣一定读了安徒生的大量童话作品,也深受大师的影响,所以她的童话是虚构之下的"真"作品。她表面上写的是动物、植物、物品,实际上写的是我们人人都熟悉的现实中的人,写的是我们身处其中的这个既美好又存在许多无奈的社会。她以童话这种看似有趣好玩的文学体裁,呈现自己对社会、人生,乃至自然宇宙的深度思考与质问,荡涤人的灵魂,启发人去追求完美无瑕的世界。

在文学被边缘化的今天，热爱文学并不辞劳苦地创作，皆因一份情怀。有这份情怀的刘欣让我对她深有期待，期待她有更多更好的童话作品呈现给喜欢她的读者，也相信她一定会有更多更好的作品呈现给喜欢她的读者，更相信她一定会成为一个卓越的童话作家。

是为序！

2023年9月4日凌晨于沂水

目 录

暗　恋　/ 001

大　龙　/ 009

滴水恩情　/ 024

丽绿刺蛾　/ 034

茉莉花开　/ 063

跳　蚤　/ 067

许久不见　/ 093

音　符　/ 097

紫花精灵　/ 100

暗 恋

一个偏远的山村里,有一家杂货铺,店铺里有一具三层式的货架子,每一层架子都堆满了零碎的日用品。最下面的一层货架里,躺着十几支白烛,她们赤条条的,圆滚而又光滑的身子一个紧挨着一个,把唯一的一支红烛挤到最不起眼的角落里。她在这个角落里整整躺了三年,全身布满灰尘。然而,再多的灰尘也遮掩不住她年轻的风姿,她感觉自己仿佛一块精雕细琢的翡翠掉进了泥水地里,只能这样无可奈何地静静地躺着。

阳光洒满整个村庄,房顶上、院落里、小巷中,每一处都有他的身影。不但如此,他还把长长的手臂探进杂货铺里,伸到货架上,像一个贪婪鬼一般,把每一件物品都爱不释手地摸一遍。他来到角落里,紧紧地攥住红烛冰凉的脚丫子,红烛转过身来看了看阳光温和的脸庞,阳光似乎在笑盈盈地说:"可爱的宝贝,我真想把你一起带走啊。"

霎时间,红烛感觉心底某种沉积许久的情感像火一样熊熊燃烧起来,那是对于关爱的渴望,是对于异性的怜恤的奢望。

"瞧,快瞧那支红烛,她以为自己是谁呢,她真是自作多情。"一支白烛故意放大了声音嚷嚷起来。

另一支白烛也跟着说:"是呀。"

其余的白烛都跟着嚷嚷起来。

听了这些话,阳光一下子拉长了脸,转过身迅速走远,连头也没回。红烛望着阳光的背影,一颗不被人们理解又受到莫大侮辱的纯洁的心立刻变得沮丧。

红烛默默地又回到一个人的世界,在那个角落里静静地躺着。时间像吱吱呀呀叫着的木车轮,一圈一圈地在红烛的心里缓缓碾过。

铺子的主人是一个胖胖的中年男人,每当清点货物的时候,他肥胖的身体就在店铺里一瘸一拐地来回挪动,像一只笨拙的企鹅。

新的一天开始了。清晨,胖老板精心地打扫店内的卫生。他擦完木箱又擦货架，再擦货架上凌乱的商品。终于轮到最底层了，一支支白烛经过他的擦拭后，立时变得鲜亮诱人，他拍着她们圆滚滚的身体，高兴地说："嘿，小家伙们。"他把每一支白烛从头到尾擦了一遍，唯独落下了那支红烛。他看见了红烛，却用他那只胖乎乎的手把她推到一边，像是把她当作了一个不祥之物，生怕她玷污了白烛，影响店铺的生意。

午时，店铺里来了生意。一个小男孩走进店铺，踮着脚把钱放到柜台上，对店主人说："叔叔，我买一支蜡烛。"

老板顺手拿起一支崭新的白烛，递到男孩子的手中。

男孩子向柜台里面左右张望了好一阵子，说："叔叔，你能给我那支红色的吗？"

听到这句话，所有的白烛都睁大了眼睛，就连红烛也不敢相信有人竟会选中自己。

店老板有些迟疑地看了一眼男孩子，随即给他拿来了那支红烛。

红烛满身灰尘，她不敢抬眼去看小男孩，为自己不妥帖的外形而羞愧难当。

男孩子却像得到了至宝一般，上下打量着红烛，高兴地跑出了屋子。

红烛在男孩子的手里晃悠起来，朦朦胧胧中，她仿佛看见自己坐进了一位英俊男子的婚车中，两人一起向着未来奔去。

男孩子哼着小曲带着她一路走着。爬上小山岗后，他在太阳底下高高地举起红烛，红烛的身体被映照得晶莹剔透。来到小溪边，男孩子脱光了衣服，带着红烛一同钻进溪水里。红烛亲吻着瘦小的男孩子的每一寸肌肤。"我的小小主人，从今天起我就是你的了，你是我最亲近的人，我的喜怒哀乐你知道，你的悲苦情愁我了解。"溪水柔缓地流着，鸟儿唱着欢快的歌谣。红烛心底的火焰剧烈燃烧起来，她觉得自己炙热的渴望在今天终于得以实现。

一个停电的夜晚，小小主人把红烛拿出来，摆在桌子的中间，将她点燃。"来，为我带来光明吧，我需要你。"男孩子热切地说。他注视着红烛慢慢升腾的明亮的光点，喜悦的表情油然而生。

红烛依着烛芯跳起了美妙的舞蹈；小小主人借助红烛欢腾的光亮，看书、写字、背诵课文。

深夜，男孩子趴在桌子上睡着了，红烛停止了舞蹈，像一个亲密的朋友一般默默地陪伴着他。"小小主人，这个宁静祥和的夜晚多美，这间房子多温馨，此刻多么令人陶醉啊。这个瞬间仿佛一粒珍珠在红地毯上滚过,美丽又悄然无声。我多想时间就此永驻,整个世界里只有你和我。哦!我多想吻吻你的脸颊,小小主人,我太想亲亲你了。"红烛探低了身子,几乎贴在了男孩子的头发上。屋子里传出一股头发被烧焦的味道。

女主人闻到异味迅速走过来吹灭蜡烛,狠狠地把红烛摔到窗台上。"该死的蜡烛。"女主人骂道。

她叫醒男孩子,把他带到床上睡觉。

多少个停电的夜晚,红烛都忘情地为小小主人欢快地舞蹈。只要是小小主人需要,红烛便会尽心尽力地燃烧。

十年后,小主人考上一所名牌大学,他高兴地满屋子乱蹦乱跳。小主人攥着红烛跳出屋子,去到山林里、溪水边、山岗上。他把红烛举过头顶,对着山谷大喊:"我考上大学了!"山谷回应着:"考上大学了——"红烛觉得自己的心彻底属于他了。

夜晚,小主人陪着红烛说了一夜的话。他点亮红烛,轻声说道:"你知道吗?我要到城里去读书了,四年后再回来。以后我就不需要你陪伴我了,城里的电灯特别亮。"

红烛的心一下子变得沉重起来:"小主人,我……我多想陪伴在你左右。"红烛长长地叹了一口气——难言不舍。"你的每一个决定都是对的,我必须得接受。四年,不就是四年吗,我等,我等……"泪水滚滚沿着烛身滑下来。"我怎么哭了?不哭,不哭。不就是四年吗,为了你,我甘愿忍受寂寞,我等……"

四年之中,红烛静静地独自躺在窗角,她身上布满灰尘,人们几乎看不出她本来的颜色了。她长了些许白发,她依然等待着,等待着小主人荣归故里的那一刻,那将是自己最美丽的时刻——红烛披上了婚纱,小主人挽起红烛的手,在众人的注视之下,红烛的脸颊泛起了红晕。为了那个时刻,这些日夜的等待算得了什么。

四年后,小主人长大了,变得英俊帅气。如今,小主人已是一头羽翼丰满的狮子王了。小主人回到家后高兴地满屋子转,他依然是当年的神情。红烛立时绷紧了神经:"小主人,你终于回来了。"红烛感觉自己的心在猛烈地跳。她注视着小主人的一举一动:"我在窗台,小主人,来看我,来看我吧,我一直在窗角等你。"红烛期待着。

小主人要结婚了。这是他刚才在他母亲的耳边说的。红烛感觉自己的耳边响起一阵轰鸣:"究竟是怎么回事?我曾经可是你最亲密的人啊。短短四年之后,你究竟是怎么了？怎么说抛弃就抛弃？那我，那我是什么？我究竟是什么？我该在什么位置？小主人，我等待了四年，我早已把自己全部都交给了你！"

红烛期待着夜晚小主人把她点燃。时间一分一分地走过，深夜，人们都睡熟了，红烛想起了小主人带着她去小溪边玩耍的场面。"我们是不同世界里的两个人，你我的偶然相遇，不过是尘世的一段错位。风花雪月之后，你依然回归到你原有的生活当中，而我却认为那是天长地久。"泪水浸湿了红烛全身，红烛感觉这被悲伤的气氛笼罩的整个夜晚有一个世纪般漫长。

小主人新婚那天，红烛完全被人们遗忘了，她独自躺在窗台的角落里。院子里人声喧嚷，锣鼓冲天。十几年来，红烛还是第一次见主人家这么热闹。她低着头默默地想象着新娘依在小主人的怀中，她脸上洋溢着幸福的笑容……她不敢再继续想下去。"唉！我怎么又流泪了。"要不是泪水浸湿了窗台，恐怕连她自己都不知道。"小主人，我……让我再看你最后一眼吧。"

奇迹真的发生了。夜晚，新房里由于电路短路而停电，这时，老主人把红烛拿出来，放在桌子上，将她点亮。

红烛的心仿佛被针刺破了，在淅淅沥沥地滴血，然而她依然跳着欢快的舞,她听见有人在喊:"看它燃烧得多么热烈。"

小主人闻声赶来,漫不经心地瞥了一眼,说:"它这是为我高兴呢。"接着,他转身回到新娘的身边。红烛睁大了眼睛,望着他远去的背影,滚烫的烛泪,由桌面瀑布般地垂到地面。红烛感觉自己的心碎了。

最终,红烛油尽灯枯,化作一缕青烟,飞出窗外。她看见了白烛们,她们紧紧抓住树干,等待炼油者的到来,迎接蜡浆成烛的那一天。许多白烛在喊她:"来呀红烛,快抓紧树干,不久我们就又能成蜡烛了。我们一旦消散,再没有成烛的那天了。"

红烛想到了自己错位的一生,她向伙伴们笑了笑,朝天空飞去,直到自己的影子消散,没有了一丝踪影。

大　龙

　　大龙的父亲是一只纯正的比特犬，曾一度风靡战场，成为屈指可数的凶猛战神。它一生有卓著的战绩，击败了那些同自己一样迫于迎战的斗犬，为主人赢得了可观的战利品——豪华的房子、高档轿车、山珍海味……这些财富，同纵横交错的柏油路一样，人们享受了平坦的路的便捷，却没有人愿意俯下身去为水泥和石子歌功颂德。

　　一场声嘶力竭的斗犬大战后，龙父被主人和兽医抬进后院的一间平房里。多少次，它口角、脖颈、腿足等处的撕裂伤口，经过医生的细心诊治，都魔术般地愈合得完好如初。但这次，龙父虚弱地喘息着，仿佛是一盏摇曳在风里的烛火，忽明忽暗……最终，龙父与世长辞。

　　大龙是龙父唯一的孩子，主人希望大龙像它父亲那样勇猛，期望它成为"常胜将军赵子龙"，因此给它取名为大龙。

事实也正是如此，大龙英勇善战，它的不败战绩一直持续到第十六场战斗。

大龙的第十六场战斗是这样的：顶棚上的灯被猛然打亮，聚焦在两只犬身上。大龙有一身褐色的毛，紧密、平滑而有光泽，它体格健壮，身上发达的肌肉令人望而生畏，活脱脱像一头小牦牛。刚开始，两只犬只探出头，冲着对方咧嘴咆哮。大龙发现，那家伙的牙特别长，不是被主人做过手脚，就是基因突变。敌犬以迅雷不及掩耳之势冲杀过来……眨眼间，两只比特犬厮杀成一团，嘶吼、惨叫声响彻整个场地。

场地里再次沸腾起来，人们发出了激动的呐喊声、助威声、尖叫声。

"上！冲！"

"咬它！"

"撕它！"

大龙的主人大约四十出头，他的皮肤白皙，脸蛋犹如饱满的汤圆。他冲大龙发出冲锋的口令。

大龙收紧全身肌肉，一个箭步冲上前，咬住对方的脖子，对方疼得惨叫，将头别过去企图逃走，可这时，它的两颗锋利的牙齿不偏不倚地划伤了大龙的眼睛。大龙感到一阵剧烈疼痛，可它一直坚持到裁判宣判时才松开口。它眼前一片漆黑，一头栽倒在地。主人双手将大龙托起来，高高地举过头顶，兴奋地呐喊着："大龙！大龙！"

大龙苏醒了，但后背、大腿处的伤痛令他无法站立，他安静地趴在软榻里。

"有几成希望？"主人问道。

"不好说。"兽医说着，拿小手电照向大龙的眼睛，"可能得盲。"

主人和兽医走后，大龙的脑海里闪过它以往的记忆。大龙六个月大时，正式开始接受主人的严格训练。一到户外，大龙激动得又是蹦又是跳，可主人的口哨一响，大龙会立马飞奔过来，将前爪抬起，扑到主人的腹部，发出娇滴滴的"呜呜"声。它兴奋至极，一骨碌躺在地上，露出长有零星毛发的肚皮。主人为大龙量身定制了护主、耐力、扑咬等训练，还增加了嗅觉训练，一只优秀的斗犬如果拥有灵敏的嗅觉，将会得到强大的助力。

大龙十四个月时，为主人赢得了第一笔丰厚的奖金。自此，大龙开始了血雨腥风、驰骋沙场的一生——它开始沿着父亲的道路，续写使命与荣光。

大龙奋力站起身，踉踉跄跄地贴着墙根走，眼前模模糊糊，一片混沌。"大龙的视力恢复了！"主人看到大龙这样，以为它痊愈了，高兴地喊道。他立马载着大龙驱车到兽医院。检查结果不算好，亦不算太坏——大龙不算全盲，现在的视力相当于人类0.1的视力。但这对一只职业的斗犬来说，无疑是极大的损伤。

几天后，大龙被转手给第二位主人，新主人又高又瘦。大龙后腿蜷缩，屁股着地，前面两条腿笔直平行地支在地面，整个身体呈三角形。它拉长脖子，眼巴巴看着牵引绳被递到瘦主人手中，极度悲伤地望着老主人渐渐消逝的背影。

瘦主人细细端详着大龙肌肉发达的身躯，啧啧称赞："好狗，好狗。"第二天，大龙重新站到赛场上，对手是一只比大龙重10斤的比特犬。当敌犬冲杀到眼前时，大龙才模模糊糊地分辨出哪里是它的嘴，哪里是它的脖子。敌犬步步紧逼，大龙一而再再而三地退后。"认输吗？那我将成为一个失败者……我的荣誉，我的自尊……不，我绝不低头！"大龙决定背水一战。这当儿，大龙仗着敏锐的嗅觉，一下子嗅到敌犬要害，幸运地一口咬住对方的脖子，但对方也死死咬住大龙的一条前腿。大龙向侧方摇动身体，带动前肢转向，敌犬随着脱离地面，大龙猛地扬头，呼啦一下，敌犬就被甩到场外。随后，人们撬开敌犬依然紧闭的嘴，拿回大龙的断肢。瘦主人如愿获得丰厚的奖金。

瘦主人请兽医给大龙的前腿做了接骨术，并用厚重的石膏牢牢将它固定住。可即便再痛苦再煎熬，倘若能博得主人的爱，在大龙看来都是值得的。大龙犹如一棵观赏植物，任凭人们给它修枝剪叶，将它精心打造成自己想要的模样。

即使如此，大龙也没能挽回瘦主人的垂怜。几天后，大龙再次辗转到第三任主人的家。

"它这腿？"第三任主人有所顾忌地问，他是一个又黑又矮的胖墩。

"放心，三个月后肯定恢复如初。"瘦主人一边说着一边拍了拍大龙结实的身躯，"它们打仗拼的是气势，这是最勇猛的战神，绝对会让你盈利。"

黑胖墩紧盯着瘦主人："不带哄人的。"

"它每一场搏斗你都看见了，它是最凶猛的狗，绝对没有第二只。"

就这样，黑胖墩主人根据他对大龙过往的了解和对它未来的期待接手了大龙,把它安置在一处平房里。

  来不及反思以往,来不及畅想未来,大龙像是被什么拽着,只能硬着头皮往前冲。大龙悄悄地溜到大街上,这里行人匆匆,车水马龙。猛然间,它听到了白皙主人的声音,闻到一股熟悉的味道,大龙依靠嗅觉跟在车辆后面拼命地追赶,打着石膏的腿跟个木棍似的直直地垂着。大龙追了一条又一条街,有人拿起长棍子或石头驱赶它,有人大声喊道:"有比特犬,它攻击力特强,大家离远些。"大龙托着病体一瘸一拐地躲进一条小巷子,发现垃圾桶旁边有一块面包,立刻冲过去一口将面包吞下去,不一会儿,大龙的胃里一阵翻腾,它又将面包吐了出来。几天时间里,大龙渐渐消瘦了,望着眼前朦胧而又广大的世界,它茫然不知所措。突然一只网从空中抛下,罩住了它,大龙听见有人说话:"看你往哪里跑!你可是我的财神爷。"黑胖墩主人把大龙抓了回去。

  黑胖墩主人弄了满满一碗鸡蛋和骨头,放到大龙面前。一看到美味,大龙狼吞虎咽地吃了起来,一眨眼工夫碗就空了,但不一会儿它又全部呕吐出来。黑胖墩主人心里直嘀咕,用车载着大龙来到兽医院,经全面检查后,医生给出了诊断：视力半盲，胃病严重，腿残疾，严重营养不良。黑胖墩主人气愤地嘟囔：“我上当了，被忽悠了，这次赔大钱了。"大龙的身体远不如从前，肩膀、屁股处骨头异常突出，像退潮后的礁石，一览无余地显现在人们面前。黑胖墩主人看了一眼大龙，转头望着满头白发的兽医略带恳求地问："怎么叫它吃点东西？明天有一场比赛。"接下来，大龙的身体被输入了大量的营养液，兽医拆掉了大龙的石膏，往它的前腿里打进两枚钢钉来固定断肢。第二天上场前，黑胖墩主人拿大量的麻醉药敷到它腿部伤口上。

　　被"精心打造"后的大龙，再一次站到赛场上。它连连败退，猛然间伤腿咔嚓一声断了，钢钉整个穿进肉里，血滴滴答答地流出来。敌犬趁机咬伤了它的头，导致大龙当场倒地，癫痫发作，四肢猛烈抽搐，意外地绊倒了敌犬。这时大龙神志又恢复正常，猛然翻身一口咬住对方的脖子，借助前肢凸出的骨头，拼尽最后一丝力气往前顶撞。敌犬被撞到赛台下，一下子晕了。这时，黑胖墩主人高呼："赢了，赢了！"

　　自始至终，大龙都是靠一份坚定的信念支撑着："不到最后一刻绝不倒下——"他孤立又无助地用三条腿站在场子里，身体止不住地颤抖，伤口往外流着鲜血，脑部的瘀血压迫到视神经——这下大龙彻底盲了,他眼前一片漆黑。忽然,大龙头上被什么东西猛地打了一下,它三腿一伸,瞬间晕厥倒地。狗贩子收起铁棍,说:"这狗就剩一口气吊着,竟然还能顽强地站着。""你一棍子下去,啥气都没了。"黑胖墩主人说着,伸出手接过大龙以伤痕累累的骨肉给他创造的最后的利益——四百元。

H 狗肉馆位于县城里一条并不繁华的街巷,但它因独具特色而很受欢迎:一、"肉香不怕巷子深",深居街巷,吃客仍络绎不绝;二、老板过目不忘,客人在来过一次后,老板便能记下他们的喜好。

狗肉店为增加人气,在门口右边,搁置一个铁笼子,里面关着各种新收购来的狗。门口左边烧着一口大锅,终日热气腾腾……

黄昏,大龙慢慢苏醒,微弱地呼吸着。它身边挤着另外两只狗,它们躁动不安,发出恐惧的"呜呜"声。

一个小伙计站在灶台旁边,拿大铲子搅拌锅中的肉汤,他往外看了一眼,然后兴奋地冲胖子老板喊道:"快看,傻老头。"他拿铲子指向一位老人。

老人蹬着一辆三轮车,慢吞吞地向狗肉馆驶近,最后停靠在狗笼前。他七旬左右，身体消瘦，佝偻着背，脸上长满皱纹。他是一位饱经沧桑、生活艰辛的老人。老人慢吞吞地落下脚，伸出一只手扶住身边的物体，好以此来支撑一下重度弯曲的腰椎。他凑到胖老板面前，从怀里掏出一沓面额大小不等的钱，用沙哑的嗓音说道："再——换——"

胖老板打开铁笼，用绳子套住一只杂交狗，又套住一只黑白斑点狗，将它们塞进老人的三轮车里。老人盯着笼子里满身血迹的大龙，指了指它，说："那只——"

大龙整个肚皮贴到笼子里的铁板上，一条后腿从笼子缝隙中掉出，头松松垮垮地倚靠在笼子的侧壁。这是两小时前狗贩子把大龙扔进铁笼时它的姿势，这两个小时间，它没有动一下。

胖老板摆摆手说："怕是不行了，还要？"

老人从衣服最里层的兜中又摸出一沓纸币递给老板。大龙被放进三轮车中，老人立马找出旧布条小心翼翼地包扎它身上那些流血的伤口。

老人载着三只犬一路向北行驶，穿过喧闹的街道，走过空旷的郊区，驶进山脚下的一处院子。

看着奄奄一息的大龙，老人立即拿出空针管，抽满玉米粥，顺着大龙的嘴角缓缓注入——他想让这只悲惨的狗活下来……在老人细心的照料下，大龙渐渐有了生气，慢慢可以自己进食了，大龙活下来了！

大龙的新家是一个足有四十平方米的沙土院子。两间简陋的红瓦房里，原本白色的墙壁，经风吹雨淋已变得暗黄。紧挨着屋子的是一个草棚子，下面铺着厚厚的软草。

"嗨，老弟，我叫泰山。"说话的是一只退役的军犬，今年十三岁。

"大龙。"大龙面无表情地说。

泰山咳嗽一阵后，继续道："你的眼睛……"他喘着粗气，如今心肺功能都已衰退。

大龙沉默了。

傍晚时分，一阵犬吠之后，十多只狗先后跑进院子，它们大多是土狗——都是老人救助的流浪狗或从狗肉馆买来的即将被宰杀的狗。风掠起老人破损的裤管，七零八落的丝线随风舞动。不同毛色、不同品种的狗狗们在一起蹦跳着、追赶着，像一群无忧无虑的天使，它们簇拥在老人身边。

晚饭后，泰山凑到大龙身边说："我荣获过二等功。"说起当年勇，泰山不禁热血沸腾，继续道："老弟，你明白二等功的概念吗？差不多得豁出大半条命。要不是去年我被偷了出来……"泰山特地加重并突出"大"字。

大龙轻轻地吐出几个字："大半条命？"大龙的眼前浮现出第十六场战斗的景象：主人板着脸，眼神像被蜡油封住一样僵硬……撕心裂肺的疼痛和一片漆黑。想到这里，大龙像触电般瞬间从头顶麻到脚跟。

泰山抬头望着天空，怅惘地自语道："训导员——真想再见他一面。"

一个月后，大龙渐渐胖起来，老人带它来到屋子后面的山林里给它洗澡。老人将水泼到大龙身上，一股沁凉的感觉从它的头奔涌到四肢，曾经那些血雨腥风的日子，瞬间都烟消云散了……大龙开始觉得这世界像山泉一样清新，像阳光一样温暖……

入冬后，寒冷仿佛一个无情的掠夺者，在苍穹下横行霸道，它扒光树木的衣衫，抹掉植被的彩装，让大地暴露在冰冻之中，任凭冷风与飞雪肆无忌惮地侵蚀。今年的雪格外多，一场接着一场，山峰、树林、房屋的背面，凡是阳光照不太到的地方，都结了一层厚重的冰。

一个雪夜，执勤警察接到举报，说有聚众赌博的人。

两名警察迅速出警，穿过空旷的郊区，来到一处斗犬场地。这些犬主们除了斗犬和赌博之外，似乎再没有其他的爱好了。今晚，其中一个人输得很惨，一气之下偷偷拨通了警局的电话。警车到目的地后立刻拉响警报，人们吓得四散躲藏，纷纷跳上各自的车，企图摆脱警车。巧合的是，大龙的三个主人都在其中（原先他们就认识），仓皇中黑胖墩主人和瘦主人都躲到了白皙主人的车上。

三人躲在车子里，惶恐不安，黑胖墩说："我知道一条小路，他们绝对不会追来。"

他们驶向崎岖的山路，车子颤悠悠地颠簸在覆盖着积雪的山路上。车子行驶好一会儿之后，他们认为警察不会追来，心情才放松下来。无聊中他们谈到大龙。

黑胖墩满腹牢骚地抱怨："提起那狗就生气，我被你俩给忽悠了，就是一只瞎狗，都分不清路。"

白皙主人说："它战斗时，把眼睛伤了。"

瘦主人说："你骗了我俩。"

瘦主人又对黑胖墩说："我也不知狗的眼睛残了。"

"都抽风了，吓人，就是羊角风……倒是没有赔钱。"

"都没赔钱就好，那只狗确实勇猛。狗……最后？"

"还有一口气，卖给狗肉馆了。"

"还多赚了狗肉钱——"瘦主人笑着说。

"是。"黑胖墩主人也嘿嘿地笑,"四百块钱,多赚了狗肉钱,改天请你俩吃海鲜得了。"

说罢,三人哈哈大笑。

行驶到山腰时,三人发现后面有警车追了上来。做贼心虚,这话一点不假,瘦主人看到忽闪的警灯,不免心中发慌,催促说:"追来了,开快些。"

其实车上的警察并非存心追赶他们,警察出警时的道路刚发生了交通事故,造成车辆拥堵,他们只得选择这条山路回警局。白皙主人的车在一个拐弯处被石头卡住,需要倒车,他情急之中不小心在倒车时踩了油门,撞到紧跟着的警车,导致两车双双侧翻,从山腰滚落下去。翻车时,一人被惯性甩了出去,一人腿部受伤,从车里艰难地爬出来,另外一人被卡在车内,警车内有一人爬出,一人被困。

树木深处,黑影憧憧,狼嚎声越来越近,越来越清晰。幸存者越发恐惧,焦躁不安。他们隐隐约约地发现不远处有一座小院,仿佛抓住了救命稻草,拼命地向院子的方向呼救:"救命——救命——"狼嗅到了血腥味,越靠越近,一只狼开始舔舐滴落到地面的血渍。又有两只狼靠近,车外的警察拽出警棍,大力地挥舞,发出严厉的恐吓:"滚——狼崽子们。"

被困者越来越害怕,努力探出半个脑袋呼喊:"救命——"有一只狼走到他旁边,他甩动胳膊像驱赶蚊蝇一样驱逐它,嘴里发出绝望的悲鸣:"谁来救救我呀……"

"呜——"大龙仿佛触电一般,打了一个冷战。它听得分外清楚,泰山也竖直了耳朵,院里的犬们"汪汪汪"叫成一片。

老人打开院子大门,犬们向山上爬,大龙沿着气味找到了被困在车里的白皙主人,它飞扑到他身边,高兴得又是蹭又是哼哼唧唧地叫着——仿佛一个走失的孩子重新回到亲生父母身边。

"大龙!"白皙主人既惊讶又兴奋,他一手捂住受伤的头,立马向大龙发出迎战的口令。

泰山来到警察身边,他们像许久不见的亲人一样,原来其中一名警察正是泰山曾经的训导员。

接到指令的大龙仿佛又站在赛场上,它收紧全身肌肉,伸展四肢,探出头,迅速出击咬住对面的狼。泰山也出手相助,其他犬也与狼撕咬成团。夜空下,一片犬吠狼嚎,犬的奋力搏斗与众人的相助,最终打退了狼群。

泰山依偎到警察身边,伸着舌头大口喘息,渐渐睡着了,但它再也没有醒来。

人们开始寻找被甩出车外的那个人,白皙主人找到留有他气味的矿泉水瓶,让大龙沿着气味一路寻找,最后在一个雪堆里找到了他,他被埋进去半个身子,摔下来时头磕到石棱,昏迷了。

这时救援人员赶到,有一个护士看到了大龙,对后面的人说:"有一只狗,它好像不知道该往哪里走。"人群中有人大喝一声:"先救人!"人们把被困者从雪堆里拖出来,大块的雪向下滑落,大龙躲闪不及,被雪冲下山坡,一头撞到树上,立时癫痫发作,四肢猛烈抽搐,鲜血从它的头上流出。

司机确定受困人员都被解救后,闪着灯渐渐消失在夜空下。

老人朝大龙滚落的地方奔去,大龙如同泥浆一般瘫软在地上,渐渐变得呼吸艰难,失去知觉……它仿佛看见了白皙主人双手将它托起,高高地举过头顶,兴奋地呐喊着:"大龙,大龙!"一股暖流瞬间涌遍大龙的全身,大龙满心欢喜地将头埋进老人温暖的怀中,停止了呼吸……

大龙在这个世界仅仅度过了三十六个月。

滴水恩情

S城东边有一座石拱桥,桥北头有一株老槐树。

老槐树已经很老了,经过多年风雨的剥蚀,它的接近五分之一的根须都裸露在地面。深褐色的树皮裂纹横生,有的地方已经脱落,露出淡黄色的树干,如同一块块积年的伤疤。它犹如一尊木讷的雕像无声无息地伫立在桥头。

有人这样描述老树:"它很老了,我爷爷说他小时候经常爬到树洞中捉迷藏。"还有人说:"这树一直是这样一副老态龙钟的样子,多少年都没变过,每次从它身边经过,我总是怀疑是不是自己穿越回了第一次见到它的时候。"

老槐树的年龄,恐怕唯有它自己最清楚。

"是的,我在此地扎根五百年了。这片土地养育了我,我要回馈这里些许阴凉。"老树摇曳着枝叶,发出低沉而

苍老的声音。

当它的新邻居——一株垂柳问起它的年龄时,老槐树如是回答。

"五百年。"垂柳颤悠着枝条,发出清脆悦耳的响声,"你不觉得做树太累吗?"垂柳树皮组织丰厚,呈褐绿色。

老树不紧不慢地说:"五百年的光阴,才足以等到我生命中最重要的人。"

垂柳差点笑出声:"一个人?"它感觉老树老糊涂到了荒唐的程度。

老槐树瞥了一眼垂柳,慢吞吞地说:"五百年前,持续了数年干旱,河流都已枯竭。我干渴至极,进入了昏迷状态,这时,恩人给我浇了必要的水分,我的生命才得以延续。这份恩情令我魂牵梦绕,始终不敢忘记。后来,我祈求上天,愿意再次化身为树,只求能为她带来阴凉。"老树叹了一口气,继续道,"可你知道吗,我始终没有等到她再次出现。"

垂柳摇摇头,一脸不在意的样子,啧啧道:"老古董。就为她?心甘情愿地忍受五百年的磨难?"垂柳轻轻地摇着头:"多么漫长的岁月。"

老树闭上了眼睛,回忆起往事:四百年前,一伙强盗在此横行霸道,一位妇人匆匆地躲到树后,老树垂下了枝叶,遮掩住妇人,可她还是被随后追来的强盗找到。两个强盗各自扯住妇人的一条胳膊,一人说:"跟我走!"另一人说:"我的,我先发现的!"双方争来争去,互不相让,最后竟动起武器来。老树下尘土飞扬,一人飞来一刀,在树干上留下一道伤痕,另一人又不偏不倚地把刀插进了树干。一位侠客路过此地,见此情景,立即下马冲到树下,行侠仗义,杀死两个强盗,救走妇人。强盗头目赶到后,看见两个兄弟的尸体,悲痛而泣,愤怒地挥剑砍落老树所有垂下的枝叶,紧接着,又用剑在树干上狠狠砍了几下……老树闭上眼,泪水缓缓流下来,默默地承受着万箭穿心般的痛苦。

三百年前,不知从哪里来了一群山羊,它们随吃随走,一路走走停停,渐渐靠近老树。它们先是啃食老树身边鲜嫩的绿草,忽然,一只调皮的羊仰起脖子,从树干上撕下一块树皮,慢慢地咀嚼,灰褐色的树皮在它嘴巴里左一下右一下地打转。它似乎觉得味道还不错,便继续啃食树皮。渐渐地,羊们都凑热闹般围上来,你一口,我一嘴,差点扒光老树的外皮,要了它的命。就在这时,真是万幸,一位英姿飒爽的猎人及时出现,他张开一双强健有力的臂膀,嗖的一声射出一箭，一只羊便应声倒地。聚拢在树下的羊群一哄而散，老树的危机算是解除了。但是好景不长，没多久，老树感到浑身瘙痒难耐，它身上爬满了蛀虫，它们蛀食着它的躯干。蛀虫所到之处，不断有木屑落下来……亏得有一群勤劳而见义勇为的鸟到来，它们几天时间就把蛀虫啄食殆尽。

垂柳好奇地问："你是不是又在想她？"

老树被垂柳打断了回忆，摇了摇头，说："我其实并不知道她长什么样……女神，像是划破午夜长空的一道美妙的闪电，照亮了我整个生命。"一谈到它的女神，老树眼中闪过一道光亮。

垂柳笑得前仰后合，主动称兄道弟："老哥，你可真逗。你不觉得你的想法很愚蠢吗？她是人，你是树，即使她对你有恩，那也不过是举手之劳的事。你执意把这份情感保留五百年，还妄想得到一个根本不可能的结果——你不觉得自己很傻吗？像我，好好享受阳光雨露，还可以做做游戏……我们树能做的事情，就是应时而生，遇劫而终老，花开绚丽，叶落无声。"

老树看了看自己，一半多的枝条已经干枯，不再发芽，甚至已经不能完全遮住太阳。它身体里的营养成分正一点一点地流失，衰老日益加重。老树重重地叹息一声："我不能放下，我一定要回馈她一季阴凉。"

垂柳叹道："你累不累？"

老树没有回答，望着熙熙攘攘、车水马龙的大街，璀璨的街灯与温馨的万家灯火相互辉映。老树又回忆起二百年前的情景：那一年连月干旱，烈日炎炎，干裂的土地上几乎寸草不生，之后又连着下了几个月雨，洪水冲垮了房屋、树木，淹没了农田，老树自然也没有幸免于难。当然，这些苦难熬过去了，也不算回事，可怕的是，由于庄稼颗粒无收，百姓饥饿难耐，人们争着抢着爬上老树，摘掉所有的叶子，折断最嫩的树枝，甚至还剥了一部分树皮，将它们熬成汤，以此来充饥……

时间又来到一百年前：一个雷鸣电闪、风雨交加的夜晚，忽地一道闪电划破天空，击到老树身上，劈断老树最粗壮的树枝，霎时间，火苗由老树的断肢向四处蔓延，老树甩动其余的枝条抽打火焰，才渐渐将它熄灭。这场火灾，给老树的树干留下了一个大洞。到了冬天，积雪填满了老树的大洞，后来这些积雪又结成冰。那一个冬天，老树只觉得从内到外彻骨的冷。

一阵微风吹过，把老树带回现实，老树摇了摇头，淡淡地说:"这些,都熬过来了。"见垂柳没有理它,老树再次陷入回忆:抗战时期,敌人逮捕了一位爱国战士,对他各种严刑拷打,但战士始终没有屈服。最后气急败坏的敌人把他绑到老树上,泼上汽油,点燃火,瞬间,熊熊烈火燃遍了战士的全身,战士硬是没有发出一丝声音,直至壮烈牺牲。火焰蔓延到老树身上,老树一同感受着战士的苦难,同他一起燃烧,一起忍辱负重,一起坚毅地挺立,战士宁死不屈的英雄气概渗透老树的每一片枝叶……这一回,老树悲伤地哭了一夜,它的泪犹如决堤的洪水,沿树纹接连不断地流下来。它哭得那么痛彻心扉,那样感天动地。

这时,有两个身上布满文身的中年男人来到老树下,打断了它的回忆。一人上来就用铁锹挖掘老树根部的土地,另一人甩动斧子,照准老树的主根,用力地砍着。一番粗暴的砍伐后,老树的一段粗壮的根被截断。两人将树根拽出来,翻转着细细打量,一个人说:"能做一个根雕木凳。"另一人说:"先弄回去,回头再来搞个大的。"老树看着两人离去的背影,没有说一句话。

垂柳似乎感到了老树的哀愁,轻轻地问:"老哥,你还继续等吗?"

老树无奈地流下了悲伤的眼泪,说:"五百年的辛酸太沉重……"它眼巴巴瞅着每一位过往的行人，心中的执念仍然犹如涓涓细流，始终热切地朝着一个方向奔流。

转眼，盛夏渐渐远逝，秋天悄然来访。老树的树叶慢慢失掉水分，一天比一天枯萎，直到凋落。

老树轻轻地活动了一下树枝，又飘落一层枯叶。"现实生活并不像我们想象的那样完美无瑕，至少期待的未能如期来临，不是吗？老弟，好像是生活欺骗了我们。"老树大有深意地说。

"生活本身就是无比现实，是你沉迷于幻想。"垂柳带着同情心遗憾地说。

狂风卷起黄沙，重重地打到人们的身上、脸上，催促着行人急忙往家的方向奔走。

"她不会来了。"垂柳不知再用什么话劝慰老树。

"来世我不再做树。"老树伤心的泪沿着树干的裂纹缓缓往下流，"五百年的风吹、日晒、雨淋……五百年的等待过于漫长……"

垂柳啧啧道："你早该把这个荒唐的想法给丢弃。"

老树看看自己越发空洞的树干，落寞地说："终于可以解脱了，我是该放下了……"它明白自己即将长眠在这个冬季。

未待老树说完，一辆面包车猛地撞到老树身上，老树被撞得晃了几下身子。浑身酒气的司机跳下车,对着老树上来就是疯狂地拳打脚踢……

"来世我不再做树!"老树说,"五百年了,一切都万念俱灰。"

垂柳说:"老哥,你终于放下了。"

老树点点头,又摇摇头。

然而,老树所受的磨难远远不止这些,如果一一细说,几天几夜怕是都述说不完……

天空充满阴霾,风仿佛被冲锋号催促着一路向前奔袭,细小的尘沙肆无忌惮地在昏黄的背景中狂欢。这景象,人人都知道预示着什么——寒冷的冬季马上要来了。

午后,一位驼背、瘦小的老人沿路给每一棵树裹上麻绳,以此抵御严寒。

老人来到老树下,打量着它。老树深褐色的粗糙的树皮大面积脱落,仿佛害了严重的癣病,树冠也失去昔日的风采,变得空洞、松垮、摇摇欲坠。他不禁心生敬意,自语道:"多么顽强而执着的生命。"老人用土覆盖住老树裸露的根须,又把麻绳一圈一圈地缠在老树身上。

此时,老树发出低沉的呜咽声。

垂柳疑惑地问:"老哥,怎么了。"

此时的老树哭笑不得，脸上的表情扭曲且僵硬："我的梦中情人居然是一个年过半百的丑老汉子。"

"你确定是他？"

"没错。"

"女神？"

"谁不幻想着自己的梦中情人都是完美的女神。五百年前，她的淳朴与善良，早已经铭刻进我的心间。"老树拿枝条挠了挠满是裂纹的树干，无奈却又不得不接受现实。

"毕竟是来了。"垂柳说。

老树的表情突然凝重起来："如今我已经没有繁茂的枝叶，无法为他遮阴了。"它长长地哀叹一声，毕竟等待了五百年，谁又能轻易地彻底放下。

"你还是放不下你的执念。"垂柳似乎体会到老树的心情，"你就送给他一个温暖的拥抱，算是给自己一个来世不再做树的理由吧。"

老树点了点头，说："啊，啊——对啊。"

风更大了，老树使出全身力气，压弯所有的树枝，用仅剩的残枝紧紧拥抱他……这是一份跨越了五百年的时光且用心良苦的回报啊。老树缓缓抬起身，才发觉怀中只是为躲避风沙而逃到树下的一个路人，而那位老人早已默默地走远。

老树睁大眼睛望着老人离去的背影,思绪万千,感慨万千,它说:"他经历了五百年的轮回,再一次与我相遇时,不是来向我索取回报,竟然完全出乎意料地再次给予我一份恩情……来世……来世我愿继续化身为树,只求为他再搭起一片阴凉。"

风加大马力,发出呼啸声。老树缓缓地闭上眼睛,慢慢躺倒,就这样静静地安歇了。五百年的沧桑岁月同它一起沉入这片大地。

垂柳望着老树坚定的神情,惊讶得哑口无言。

几年后,老树躺下的地方又重新生发出一株槐树。

丽绿刺蛾

丽绿刺蛾的一生要历经卵、幼虫、蛹、成虫四个时期。绿油油的长满毒毛刺的毛毛虫是丽绿刺蛾的幼虫阶段，山东南部地区俗称"刷马架子"。它们的毒毛刺一旦刺入人们的皮肤，人们立刻感到热辣火燎、疼痛钻心，因此人们万分讨厌、憎恶它们，一旦见到，要么拿石头砸死，要么一脚将其踩成肉泥。刷马架子背负着一个名副其实的诨名——"地狱恶魔"。然而这一令人深恶痛绝的昆虫背后，还隐藏着一个凄美感人的故事。

传说，女娲娘娘练就五彩石补天后，闲暇之余捏泥塑造了众多的人，使大地充满了生机。后来，女娲娘娘又派绿衣使者到人间撒下树种和花种。

不久，树苗茁壮成长，草坪郁郁葱葱，大地一片葱绿，可谓是一片绿色的海洋。

女娲娘娘感觉人间只有绿色，有些单调，于是她又派出飞蛾仙子。飞蛾仙子有着美丽多彩的翅膀，她的口腔里能够分泌独特的彩色唾液，只要被她唾液浸润过的物体，即刻会变得五彩缤纷。飞蛾仙子来到人间，按照女娲娘娘的意愿，她在不同的植物上喷洒不同的彩色唾液，很快，大地充满红、黄、橙、青、蓝、紫等亮丽的颜色。

此时，一个卑劣的计划正在被密谋着。一块岩石下面，一条毒蛇盘踞在洞中通过缝隙窥视飞蛾。它像一头饥饿的野狼觅寻到了食物，眼珠子紧紧地盯着飞蛾。

家家都有本难念的经，穷人有穷人的苦恼，富人有富人的烦心事，毒蛇亦有解不开的心结。他通体黑色，盘成一团时如同一堆煤炭。毒蛇用尽办法改变自己身体的颜色，如吃白桦树皮、石灰石等等，甚至拿石头搓擦皮肤……但这一切都于事无补。

这时，一只蜘蛛闯进毒蛇的洞穴，他把两手严严实实地藏在身后，兴致勃勃地说："蛇哥，猜一猜今天我给你带什么礼物了。"

蜘蛛是毒蛇的老朋友。最近，被列入"五毒"的毒蛇、蝎子、蜈蚣、壁虎、蟾蜍因为争夺位次闹得不可开交。五毒之首自然是毒蛇，蜘蛛想加入五毒行列，势必要挤出去一位，因此他想走走毒蛇的后门。

毒蛇吐了一下蛇信子，不屑地回答："你会有什么好东西？上次你送给我的那瓶药酒，刚喝下一小口，肚子马上痛如刀绞，要是再多喝一口，恐怕连我这条老命也得搭上。"

蜘蛛忙上前解释道："蛇哥别生气，全是蜈蚣那个王八蛋坑害你，他故意挑拨咱俩之间的关系，那瓶药酒是他给我的。你知道我对你有多么忠诚。"蜘蛛绕到毒蛇的面前，满脸堆笑说："蛇哥，您就别计较了。"

毒蛇哼了一声。

蜘蛛赶忙将一个装满酒的瓶子举到毒蛇的眼前，说："我今天给你带了人类最珍贵的补品——人参鹿茸酒，补肾固阳，生精益血。"

"谁信你的瞎话。"毒蛇有些不耐烦，"再信你，我这条老命非得搭上。"毒蛇又哼了一声。

毒蛇又瞥了一眼栖身在枝头的飞蛾，暗想：如果飞蛾能在我的身体上吐几种颜色，岂不是比这难喝的药酒强几百倍？于是，他转过身对蜘蛛说："你若真想帮我，就去把那只飞蛾捉来。事成后，我会帮你坐上'五毒'的位置。"

不多时,蜘蛛用蛛网把飞蛾绑了过来。

毒蛇盘起身,命令飞蛾道:"我要你在我的身上吐下彩色,让我变得像一条美丽的龙。"

飞蛾仙子斜了一眼毒蛇,不作理会。毒蛇强行撬开飞蛾的嘴,夺走彩色唾液,一口吞下。一阵烟雾从毒蛇身体里排出,他的皮肤上立即呈现出多种颜色,一片红、一片紫、一片黑……越发不像一条蛇,倒像一个鬼鬼祟祟的小丑。

飞蛾仙子冷笑道:"龌龊的灵魂。"

毒蛇恼羞成怒,张开血盆大口,冲着飞蛾喷出一股绿色的毒液。飞蛾仙子全身被毒液浸透,身上五颜六色的彩色瞬间消失,变成了一只前翅内部为绿色、外部为浅棕色,后翅为浅褐色的普通飞蛾。

毒蛇恶狠狠地说:"你的后代将同我一样携带毒液,饱受人们的唾弃。"

飞蛾没有了彩色唾液,无法再改变植物的颜色。所以,许多只有绿色的草木其实是未被飞蛾仙子点化到的。

不久,飞蛾生下了一堆可爱的绿油油的小虫子,正如毒蛇所说,他们浑身长满毒毛刺,但飞蛾仙子像普天下的母亲一样疼爱他们,并给他们取名为"丽绿刺蛾"。

每到夏季，刺蛾幼虫们会在属于自己的天地里嬉闹玩耍，放声歌唱，对人类没有一丝邪恶杂念。他们历经风吹日晒，雨打水淋，等待着化茧成蛾的光彩时刻。

后来，上天得知刺蛾幼虫对人类没有一点益处，而且会给人们增添痛苦，便派绿衣使者到人间来消灭他们。

绿衣使者临行时向女娲娘娘告别，女娲娘娘看了看那些活泼的小生灵，眼角流出了一滴泪。

绿衣使者攥着那一颗晶莹的泪珠来到人间。

绿衣使者见到飞蛾后，向她说明来意。飞蛾如今面目灰白，不见昔日绚丽的光彩。

飞蛾听后，急忙解释："我的孩子虽然身上布满毒毛刺，但那不过是抵御外界侵害的自卫武器，眼下也只是幼虫阶段，飞蛾才是他们的真面目。他们有着与世无争的高尚灵魂，他们心地善良，没有掺杂一丝邪念，如果你认为他们有千般罪恶，万般孽缘，我愿意以一死来替他们赎罪。"说完，飞蛾一头撞到树上，倒地死去。

刺蛾幼虫们见母亲死去，心里充满了悲伤和无助，求生的本能令他们慌乱地四下逃散。

看着眼前这群可怜的生灵，绿衣使者实在是不忍心下手，但如果不消灭他们，又没法回去交差，左右为难之际，她想起女娲的那滴眼泪。她展开五指，晶莹的泪珠在手心里微微颤跃着。

绿衣使者把泪珠抛向地面，它一头扎进泥土，泥土慢慢松动，从土里拱出一棵绿油油的植物。后来，人们发现揪一片这株植物的叶子，将其揉碎成汁后涂抹到被毒毛刺到的部位，立时解毒止痒。人们便给这棵植物取名为"芦荟"。

刺蛾幼虫后来的命运又是如何？接下来的故事要从刷架一家说起。

刺蛾幼虫四散逃亡后，为了确保自己和孩子能够安全地生存，刷架妈和刷架爸决定迁徙。他们从一片枝繁叶茂的酸枣林搬到百米以下的地下王国。

地下王国里有最令考古学家们向往的各种生物遗体化石、价值连城的钻石、琥珀，耐人寻味的钟乳石等等，有着陆地上少见的光怪陆离的奇观。千百年来，居住在地下王国里的动物们，在这里逍遥自在地生活。这是一个由蚯蚓主宰的世袭制王国。

一天，刷架爸想给临产的刷架妈弄些可口的酸枣，他竟然大白天溜到陆地上采摘酸枣，没多久，前来采摘酸枣的人们发现了他。随着一声撕心裂肺的惨叫，刷架爸成了人们脚底的肉泥。

傍晚，刷架妹临世，她的外形和其他刷马架子一样：背上有空心的尖刺，尖刺与毒腺相通，内含毒液。刷架妹还拥有一双明亮的黑眸，一张精致的面孔，搭配一身葱翠鲜绿的毛刺外衣，宛若天外飞来的仙女。同时，她长有一根最毒的刺，隐藏在后背，遇到危险时毒刺才显露出来。

刷架爸去世后，刷架妈带着刷架哥和刷架妹，一直藏身在地下王国里，偷偷摸摸地生活。

地下王国的最南边有一道高耸的丘陵，陵脚下是一片深不可测的火海，火焰在沟壑里滚滚翻腾着，把黑漆漆的地下王国照耀得如同白昼一样光亮。

北边，金碧辉煌、琉璃光彩的皇宫里，白蚯蚓王族的八王爷正举行婚礼。

来参加婚礼的人可真多，熙熙攘攘，犹如闹市。人们频频交错的脚步踩在雨花石地板上，声音传到藏身在雨花石板下面的刷马架子家里。

这里完全是另一片天地，是一个狭窄、阴暗、潮湿的甬道。墙壁的一角堆着少许酸枣叶，那是他们的食物。透过雨花石板缝隙，射进来一丝丝亮光。刷架妹和刷架哥正

用小手紧紧地扒住雨花石板缝隙,死死地盯着他们头顶上这片热闹非凡的世界。

这段时间以来,刷架一家藏身于蚱蜢皇宫雨花石地板下面的甬道里。蚱蜢王国的王爷们陆续结婚,他们办了一场又一场热闹的婚宴。刷架妹总是眨着童稚的眼睛问:"妈妈,喜糖是啥?为什么蚱蜢王子能吃到喜糖?"

刷架哥也跟着嘟囔说:"妈妈,我们怎么吃不到喜糖?"刷架哥有着刷架妹同样的外表,只是背毛的颜色不那么葱翠鲜绿,似乎是被岁月染上了些许灰尘。

今天是白蚱蜢王族里最小的一位王爷结婚,也就是说,如果错过这次,要等很长时间,才能再次赶上婚礼。这一次,刷架妈决心一定要给孩子们弄到几块喜糖尝尝。

第二天早晨,刷架妈穿上雨衣——雨衣是刷马架子们的安全服,穿上它,刷马架子们的毒毛刺被牢牢地隐藏在雨衣之下,再安全不过。于是,刷架妈在雨衣的掩护下,去参加八王爷的婚礼。

刷架妹用小手紧紧抓住雨花石板缝隙,像搭在衣架上的衣服似的悬荡着绿油油的身体,向上窥望由雨花石和水晶打造而成的皇宫。突然,她张大眼睛,惊奇而又欣羡地说:"啊,我看见小蚱蜢王子了,他戴着水晶王冠,坐在由玛瑙雕刻成的宽大的王座里。"蚯蚓王子肌肤细嫩，长着细眉长眼和高挺的鼻梁。刷架妹黑亮的眼睛紧盯着王子手里的糖果。

刷架哥也紧盯着那颗糖。

兄妹俩忍不住吧嗒了几下嘴。

"哥哥，妈妈怎么还没有回来？"刷架妹等得有点不耐烦了。

刷架哥耐心地说："别急呀，妹妹，再等会儿。我想，妈一定是给咱们要了好多糖果，足够咱俩吃一年呢。"

"可是我饿了。"刷架妹嘟囔着，低头看看自己干瘪瘪的肚子。啪的一声，刷架妹掉落在潮湿的地面上。

刷架哥也跟着跳了下来，说："我给你拿些酸枣叶先嚼嚼，那可是最可口的美味了。"

"整天吃这个，我都吃腻了。"她惦记着蚯蚓王子手里诱人的糕点和糖果，噘起小嘴，心生嫉恨："蚯蚓王子——糖果。"就连刷架妹自己也没有察觉到，她的眼睛今天仿佛一个照相机，咔嚓一声，悄悄地偷拍了蚯蚓王子的照片，牢牢地存在自己的心房里。

刷架妹默默地走到一个角落，蜷缩起身子。每当她生气的时候，后背最锋利的毒刺总会不由自主地暴露出来。

刷架哥拿了几片酸枣叶,见刷架妹露出最毒的刺,便小心翼翼地说:"妹妹,别生气,赶快吃一些酸枣叶填填肚子吧。要不,我唱支歌给你听?"每一只刷马架子都能歌善舞,唱歌是他们最大的特长,他们的歌声赛过百灵,如蜻蜓点水般轻柔,山涧清泉般沁人心脾。

"别过来,我烦,我不听。"刷架妹愤愤地喊着,"再过来我就用我身上的刺扎你。我烦,烦透顶了!"

刷架哥只好站得远远的,不敢近前。

不久,刷架妈回来了。刚一到家,她就慌忙从身子下面摸出两块被挤瘪了的糖块,有气无力地说:"孩子们,给,尝尝喜糖。"

刷架妹一听到妈妈回来,赶忙跑过来,高兴地拍着手叫着:"太好了,妈妈回来了,可以吃喜糖了。"

刷架哥看见母亲身上的泥土,慌忙跑过来问:"妈妈,你这是怎么了?"

刷架妈有气无力地说:"我抢喜糖的时候,雨衣被拥挤的人们蹭掉了,毒刺扎到一只白蚯蚓,他惨叫一声,晕倒在地上。很多蚯蚓围到我身边,红蚯蚓丞相认出了我,大吼道:'她是可恶的刷马架子,是从地狱里跑出来的恶魔!'一听此话,他们立马操起铁棍、长戟等武器,劈头盖脸地来打我。我慌乱地四下里逃窜，最后躲在一个狭小的角落里。幸好他们都惧怕我身上的毒毛刺，远远地观望，不敢近前。这时，一个可恶的蚯蚓士兵扔来一根铁棍，砸到我的身上，人们眼看着我不能动弹了才安心散去，扬言说待散席后要把我扔进火坑里。我趁他们不注意偷偷逃了出来。我——"刷架妈断断续续地说，"孩子们，我拼命地爬回来，就是为了能够看你们最后一眼。"

"妈妈，不要丢下我们。"刷架哥紧紧地握着母亲的手哀求着说。

刷架妹也凑到母亲身边，哇哇地哭。

刷架妈想起了她与丈夫背井离乡的一幕，眼角流出了痛苦的泪水，刷架妈的声音越来越微弱："当岁月的风霜把毒毛刺磨砺得荡然无存，刺蛾幼虫便能化茧成蛾了。飞蛾才是我们的真面目。孩子们，记得啊，我们的祖先是美化人间的飞蛾仙子……我们灵魂是高尚的，心地是纯善的……"刷架妈的声音渐渐消失，回荡在空中的是两个稚嫩的痛哭声。

宴后，士兵报告说："地狱里的恶魔逃跑了。"

王子大怒，随即下令："调动全城士兵，封闭所有出口，全力缉拿恶魔，定要将她碎尸万段。"

顿时，地下王国大街小巷全是全副武装的士兵。城墙上贴着刷马架子的图像，特别夸大了他们的毒毛刺，图像下面写着"地狱恶魔"字样。

光阴似箭，日月如梭。

刷架哥摇身变成一位靓仔，刷架妹长成了一位婀娜的少女。

刷架妹每每望着头顶上富丽堂皇的皇宫，再看看身上的毒毛刺和这阴暗潮湿的甬道，总是充满向往地说："住在皇宫里的人该有多幸福啊。"仅仅一步之遥，便是两个世界，差距竟然这么大。蚯蚓王子舒适而又富裕的生活，令刷架妹羡慕和迷恋。

这期间，刷架妹经历过怎么样痛苦的思想斗争，只有她自己知道，多少回，刷架妹情不自禁地说："哥哥，我也想住进金碧辉煌的王宫，吃上等的美味佳肴，穿华丽的衣服。"

"妹妹，千万不要去皇宫，你会死无葬身之地。"当刷架妹向往王宫时，刷架哥总会竭力劝告。

这些时候，刷架妹会噘起嘴悻悻地走到角落，蜷缩起身子，抬头仰望着雨花石板："可是那皇宫和王子……"直到现在，蚯蚓王子舒适而又富裕的生活，令她羡慕、痴迷到了一个更高的境界，刷架妹每天往返在自己虚拟的黄金世界里：金碧辉煌的皇宫里，蚯蚓王子陪伴在刷架妹身边，一群褪去毒毛刺的小刷马架子尽情嬉戏、追逐。群臣百官乃至全城百姓都对她充满尊重和仰慕。王子和皇宫，仿佛是悬在刷架妹头顶上的一颗夜明珠，牵动着少女蠢蠢欲动的美好幻想。

刷架妹变了，变得郁郁寡欢，执拗而又倔强，她所认定的事情没有任何人能够改变。她穿上了母亲遗留的雨衣，葱绿色的雨衣让刷架妹愈发清纯动人，而且雨衣也能将她身上的毒毛刺遮住，这让她非常安心。

刷架妹偷偷地来到地下王国的大街，城墙上张贴着被通缉者的图像，其中就有刷马架子。图像虽已褪色，但依稀能辨别出刷马架子的身形和那夸张的毒毛刺，这让刷架妹不禁打了一个寒战。

通往陆地的城门有众多灰蚯蚓士兵把守，他们手持长矛，一脸严肃地立在城门两侧。城门外聚集了成千上万只土鳖，这些身披铠甲的土鳖走来走去，把城门围堵得水泄不通。

另一边的皇宫里，一个土鳖使者正对王子诉苦："陆地上的土鳖受到人类严重残害，我们许多同胞已经命丧人类腹中，多半是被他们放入药锅中加水煎煮三十分钟之久，还有的被他们研成细粉，最终，受难的土鳖们五脏六腑全分辨不出……"

蚯蚓王子身形细长，身体柔软而光滑，他属于白蚯蚓种族，白皙的脸上镶嵌一对乌黑的眼睛。王子坐在王座里深表同情，说："确实悲惨。"

土鳖使者继续说："近来人类宣称土鳖有破血逐瘀、续筋接骨的功效，人类大肆捕捉土鳖的行动风靡各地。我们四处躲藏，整日心惊胆战，还望王子以宽大为怀，准许我们入住地下王国，以躲避眼下这场劫难。"

王子说："自地球有蚯蚓始，我们祖祖辈辈为人类辛勤翻土、松土，改善土壤环境，促进植物生长，人类称我们为土壤中的'生态系统工程师'，蚯蚓对人类的贡献是任何种族无法替代的。但是，土鳖有挖掘隧道的癖好，倘若众多土鳖同时在地下王国开挖，整个地下王国都有可能被挖穿，那时地下世界将发生巨大地震。况且书中记载有土鳖善以蚯蚓为食，我身为一国之主，怎么可以引狼入室？"

土鳖使者被怼得哑口无言，心灰意冷地回到城门外，把王子的话对族人如实讲述。

一只胖土鳖气愤地说："要我们回陆地，再过那种整日担忧、朝不保夕的日子吗？"

一只母土鳖含着泪说："我过够了东躲西藏的日子。"

一只大个土鳖愁眉苦脸地说："我们怎样才能顺其自然地入住地下王国？"

一只老土鳖说："我们已经被逼上梁山了。回到陆地也是一死，不如在这里放手一搏，兴许还有一线生存的机会。"

"说干架，我们土鳖最有实力，蚯蚓们那软绵绵的身形，像是煮熟了的面条，骁勇的土鳖勇士可以轻松地以一抵十。"大个土鳖拍了拍坚硬的外壳，振振有词地说。

老土鳖继续说："只要王子意外死亡，蚯蚓们群龙无首，到时地下王国会大乱，我们趁机杀进地下王国，彻底清除蚯蚓，此后，智慧又勇猛的土鳖将主宰地下王国。"

此话正中土鳖使者下怀，他兴奋得差点跳起来，拍手叫好："好主意。"

事不宜迟，说干就干，土鳖们精挑细选出一只最瘦的小土鳖，让他穿上紧实的瘦身衣，身上涂满白石灰粉，伪装成白蚯蚓混入皇宫。他下身的挎兜里携带了蚯蚓最惧怕的钠盐。土鳖使者回到陆地召集更多的族人，静待时机成熟，来个里应外合，攻打地下王国。

另一方面，刷架妹随同一批宫女们进入皇宫，她向人们展示了一首清新的歌曲，因这出色的歌声，她被安排专为王子和官员们唱曲。

官员们把刷架妹带到宫殿里，蚯蚓王子一眼注意到了刷架妹，问道："你叫什么名字？"

刷架妹轻声答道："丽绿刺蛾。"随即她唱了一首动听的歌曲。

这个绿衣姑娘有一张清新的面容，绽放着独特的光彩，拥有着后宫佳丽们少有的气质。

当刷架妹的歌曲唱到最动情处时，蚯蚓王子情不自禁地说："当我听到你的歌声时，真实的自我才回到我的身体里，我的灵魂才能被自己控制。丽绿姑娘，你的歌声真美。"王子坐在宽大的王座上，目不转睛地看着刷架妹。刷架妹向王子望去，四目相对，一个含情脉脉，一个欲迎还拒，一时间刷架妹只觉得心间弹跳出了最激情澎湃的旋律。

接下来的日子里，蚯蚓王子总爱听刷架妹唱歌，听到很晚才走。有一回，蚯蚓王子歪坐在王座上闭目养神，刷架妹望着蚯蚓王子帅气的脸颊产生憧憬：一堆小刷马架子在皇宫里追逐嬉戏……

宫女们的走路声打断了刷架妹编织的幻觉。刷架妹立马收回走神的心思，远远地看着蚯蚓王子。

有一次，蚯蚓王子听着优美的歌声，情不自禁地走到刷架妹的身边："瞧你热得满头大汗。"

刷架妹悄悄溜开，蚯蚓王子又转到她面前说："我可以给你全天下最好的东西，金钱、地位、名誉……"他从兜里掏出一个三叶虫化石，对刷架妹说："瞧瞧这个，这是多少人梦寐以求的，它能叫人青春永驻，永不衰老。"

刷架妹睁大眼睛，惊奇地盯着三叶虫化石。地下王国里的三叶虫化石，仿佛海边的贝壳一样泛滥，但刷架妹却是第一次见到。这惊人而又神奇的魔幻奇宝，立时让她无比羡慕。

蚯蚓王子趁机一把抓住她的手，把三叶虫化石在刷架妹眼前一晃说："想要留住青春，留住美丽的容颜吗？"

蚯蚓王子挑了挑眉毛，说："知道有多少女孩子想要讨我的欢心吗？你身上有一种异样的气质，你纯得像天空里的白云，清得像泉水，像雨后宁静的天空。我要把你藏在我的皇宫里。"

刷架妹一下子慌了，她拼命挣扎，唯恐蚯蚓王子碰到自己身上的毒毛刺。她低垂着脸，像一个做错事心存愧疚的孩子。

就在这时,来禀报的蚯蚓士兵转移了王子的注意力。

刷架妹借机揣着三叶虫化石逃离了皇宫。

从皇宫出来,刷架妹一筹莫展。她渴望这份情愫已经许久了,可是自己背上的毒毛刺像一座卸不掉的大山,着实叫人进退两难。

突然,一丝喜悦从刷架妹的眼中划过,仿佛黑夜里闪现的一颗流星。一家诊所的墙壁上张贴着一幅图画:一名大夫手持镊子夹出嵌入蚯蚓体内的钢钉。刷架妹不由得走近图画,睁大眼睛细看。

回到甬道后,刷架妹找来一根绳子,把一头固定到墙壁上,另一头绑紧一根毒毛刺,随后拼命向相反方向猛地挣脱。一根毒毛刺被拽出来,上面还带着褐色的血肉。每拽出一根毒毛刺,刷架妹都感到钻心的痛……拔出十几根后,因失血过度,刷架妹昏迷了。模糊中,刷架妹隐约听见刷架哥的声音,后背发出阵阵钻心的疼痛。刷架哥找来几棵茜草,将它们从刷架妹的后背缠裹到胸前,将伤口藏在里面。他叹了口气,用半埋怨半指责的语气,说:"刷马架子与蚯蚓是不同的种族,还记得母亲是怎么死的吗?他们要将刷马架子斩尽杀绝,这是铁的事实。我们好不容易熬过了这么久,我们该有自己幸福的生活。"刷架哥恳求道:"不要异想天开了,妹妹。"他顿了顿继续道:"我们搬到森林之外的酸枣林里吧,等岁月的风霜把毒毛刺磨砺得荡然无存,我们便可以化茧成蛾了。"

"森林之外的酸枣林……"刷架妹重复着,眼前立马浮现出一片美丽的天地:酸枣树一棵紧挨着一棵,火红火红的酸枣挂满枝头,在阳光下闪烁着红通通的小脸。树与树、枝与枝、叶与果间,刷马架子们尽情嬉闹玩耍……

石板上纷乱的脚步声打断了刷架妹的美梦,一束光透过缝隙落在刷架妹的脸上。刷架妹用手揉搓着三叶虫化石,耳边响起蚯蚓王子的话:"我可以给你全天下最好的东西,金钱、地位、名誉……"童年时,八王爷婚礼的那天,刷架妹认识了蚯蚓王子。直至今日,刷架妹始发觉,不知何时起,蚯蚓王子已悄悄地住进了她的心房。

伤势痊愈后,刷架妹又穿上雨衣来到皇宫。皇宫正举行盛大的宴会,宫殿内流光溢彩,五光十色。宫女们佩戴着水晶制作的头环,折射出亮闪闪的光芒。有宫女将水晶头环戴到刷架妹头上,把她领到宫殿中央。刷架妹忘情地唱起优美的歌,歌声美妙动听,像春天的小溪一样缓缓地流淌在人们心间。殿内浮香暗动,衣袖飘飘,人人举着酒杯,迈着高兴的舞步。这是多么温馨,多么浪漫,又多么令人陶醉的时刻。刷架妹仿佛一只驶入湖心的船,松松软软地漂浮在温柔的水面。

这时,伪装成蚯蚓的小土鳖手捧一杯酒毕恭毕敬地呈奉给王子。王子端起来一饮而下,顿觉醉意来袭,心神恍惚。他径直来到刷架妹身边,说:"瞧瞧这个,它能叫人青春永驻,永不衰老。"他又拿出一颗三叶虫化石,举到刷架妹眼前晃动。蚯蚓王子一把抓住她的手说:"你有一种异样的气质……"

刷架妹越加仓皇,死死地拽住雨衣,生怕一疏忽,露出身上的毒毛刺。激动与惶恐混搅在一起,窒息感压着她的喉咙。

突然,蚯蚓王子闷声倒地,刷架妹吓得不知所措,蚯蚓官员们很快聚到王子身边。黑蚯蚓御医拨开王子的衣服查验后,说:"皮肤泛出水泡,像是钠盐中毒。"

官员们立即取来酒壶,并从壶底找到一层未完全溶化的钠盐。

一个蚯蚓官员说:"确实有人下毒。"

红蚯蚓丞相面带疑虑地看着御医,说:"地下王国不会无缘无故出现钠盐。"

"这是一场恶毒的阴谋！"

"只有陆地才有钠盐！"

于是，蚯蚓官员把目标锁定在心怀鬼胎的土鳖族身上，因为前些日子他们确实与土鳖族人发生了一些纠葛。

灰蚯蚓将军说："重兵把守城门，严禁土鳖进入。"他即刻派人去部署，并责令士兵严密排查进出皇宫的可疑分子。不但如此，他还调集士兵搜查地下王国的每一处角落，以免有漏网之鱼。殊不知，小土鳖在递给王子酒后，悄悄溜到厨房，将钠盐缓缓倒入水缸，忙完这一切后，他便暗中躲了起来，伺机出逃。很快，王宫里喝过水的白蚯蚓全部中毒，他们先是四肢无力，继而昏迷不醒。眼瞅着白蚯蚓王族濒临灭亡，地下王国马上要天下大乱了。

这时，红蚯蚓士兵来报说："后宫有三分之二的人员中毒昏迷。"

红蚯蚓丞相立即下令："所有人再饮水、进餐时，必须先查验，确认安全无毒后再食用。"继而他又对御医说："不惜一切代价，全力医治王子……"

黑蚯蚓御医略一思索，说："可以毒攻毒。毒蛇为'五毒'之首，利用他的毒汁刺激王子的神经末梢，再将毒液掺入汤药让王子饮下，方可化解体内邪毒。"

红蚯蚓丞相说:"马上聘请神医毒蛇。"

刷架妹反复推敲着:"毒蛇……毒液……"她忽然想到,母亲曾经讲过刷马架子的来历,他们一身的毒刺正是拜毒蛇所赐。

待丞相和御医等人都走后。刷架妹脱掉雨衣,用身体上剩余的毒毛刺将那些高出皮肤的水泡一一扎破,毒液缓缓流了出来。

没多久,蚯蚓王子真的醒了,他对刷架妹说:"我做了一个可怕的梦,魔鬼撕咬我的五脏六腑,我呼喊着'救命',拼命逃跑。我突然听见你呼唤我,顺着你的声音我一路跑,这才逃出噩梦。"王子深情地望着刷架妹:"喜欢这座皇宫吗?我可以把它整个都给你。"

刷架妹受宠若惊,两颊绯红,脸上洋溢着无可比拟的幸福。她的心醉了,醉得不知所措……

之后,刷架妹来到厨房,找到王子的药锅,里面滚滚翻腾着灰土色的药汁,一股股热气扑向刷架妹的脸颊,让她一阵心惊胆战。然而她知道,如果救活王子,他将会为刷马架子洗清冤屈——刷马架子只是被愚昧的世人曲解为恶魔,他们原本是美化人间的仙子,他们的心灵是如此纯善、高尚……刷架妹想到这里,全身充满了力量,不再犹豫退缩，她鼓足勇气，闭着眼睛跳进药锅里，让毒毛刺里的毒液充分融到药汤里。几分钟后，她挣扎着慢慢爬到药锅边沿，她的脚踝、手腕等多处因灼烫而流出了褐色的血，惊喜的是，她全身的毒毛刺也都消失了，只留下那根最毒的刺，隐藏于后背的肌肤之内。疼痛令她几乎昏迷，模模糊糊中，她好像看见了母亲，她没有一点老态，已褪去刺甲，背后生了一对美丽的翅膀。她频频扇动双翅，在空中飞翔着，召唤道："孩子，毒毛刺被岁月风霜磨砺得荡然无存，便是结茧时分，不久便要化茧成蛾了。飞蛾才是刷马架子的真身。""飞蛾……"刷架妹自语着，忍着疼痛，绽放出最美丽的笑容。

刷架妹走后不久，红蚯蚓丞相、黑蚯蚓御医、蟒佗一干人等来到厨房。蟒佗其实是一条蟒蛇，他每天在通往毒蛇岛的路上设一摊位，竖起一个幌子，上写"蟒佗在世，药到病除"八个大字。这天早晨，他看见一队蚯蚓士兵匆匆赶路，立马伸出一棵大灵芝横到士兵面前，将它慢慢抬高，指向旗帜上的大字，大声吆喝："药到病除。"士兵见状，上前说："跟我们走，药到病除，大大有赏。"就这样，蟒佗随士兵进入地下王国皇宫，见过各位官员后，随同蚯蚓官员来到厨房。

蟒佗向宫女要来王子的药锅，向里面吐入口水，并神气地说："药到病除——"

蚯蚓王子喝下药后，蟒佗吐着长舌头舔舐王子的皮肤，意为刺激他的神经末梢。

王子慢慢地睁开眼睛，感觉似乎有许多毛刺卡到喉咙里，干痒难受，咳不出亦咽不下。

蟒佗从王子身上跳下，笑嘻嘻地说："药到病除——"

黑蚯蚓御医走上前，向王子汇报说："都是蟒佗神医的功劳。"

王子却反驳说："是丽绿姑娘救了我。"

听了这话，蚯蚓们面面相觑，刷架妹和蟒佗中自然有一个滥竽充数者，究竟是谁？

于是，红蚯蚓卫兵传呼道："有请丽绿姑娘——"

红蚯蚓卫兵们手执长矛笔直地立在宫殿的四周，红蚯蚓丞相、黑蚯蚓御医及其他官员们站在殿内。蟒佗待在宫殿一角，内心忐忑难安却又强装镇定。刷架妹伤势基本痊愈，脱去雨衣和毒毛刺的她愈发婀娜。刷架妹嘴角挂着笑容，昂首阔步走进大殿。为这一刻她期待了太久，又几乎付出了生命，她望着这座即将属于自己的金碧辉煌的宫殿，感觉幸福似乎来得太突然了。王子起身迎着刷架妹走去，

丽绿刺蛾　　057

他拉着刷架妹的手,环顾大殿里的蚯蚓官员后,郑重地宣布:"是丽绿姑娘救了我……"

"报——"红蚯蚓士兵急匆匆地跑进宫殿,打断王子的话,说:"我们逮到下毒的恶魔了。"红蚯蚓士兵押着刷架哥进入皇宫。士兵们搜查凶手时发现了雨花石板下的甬道,他们沿着甬道一路探查,才发现这个骇人的惊天秘密——原来刷马架子一直住在皇宫下面。蚯蚓士兵们深知毒毛刺的威力,不与刷架哥近距离交手,便撒下一只网,将刷架哥牢牢困住。

蚯蚓们一见到刷架哥,个个面露畏惧,异口同声道:"刷马架子!"

"哥哥——"刷架妹惊讶地喊道。

听到此话,蚯蚓王子惊诧得立马松开手,下意识地退后几步。

红蚯蚓丞相一眼认出刷架哥身上的毒毛刺,指证道:"他们是地狱恶魔,当年通缉的刷马架子正是他们的母亲。"

小土鳖混杂在蚯蚓士兵中,顺势落井下石,大声说:"就是他们下的毒!"

"害人恶魔!"

"刷马架子！"

士兵们们迅速拿出盾牌将蚯蚓与刷架兄妹隔开。

刷架妹双眼充满泪水，既委屈又无助，然而总得为自己做辩解，她委屈地说："确实是我救了王子，我身上的毒毛刺已经消失了。"刷架妹露出光滑的后背作证据，继续说，"千百年来，刷马架子是地狱恶魔的说法不过是传言，我们的祖先原本是美化人间的飞蛾仙子。"

"恶魔是害人的！"

"是改变不了的事实！"

"恶魔始终是恶魔！"

蚯蚓们的怒气达到了顶点。

这时，刷架哥挣脱网子，大喝道："不许你们欺负我妹妹！"

"哥哥！"

"妹妹！"

蚯蚓王子一挥手，斩钉截铁地说："格杀勿论。"

大殿里充满了杀气，刷架哥握紧拳头，喊道："妹妹，使出你最毒的刺，我们杀出重围。"随即刷架哥两手拽住脚踝，团成一团四处滚动。毒毛刺刺伤了蚯蚓们，大殿里一片鬼哭狼嚎。

丽绿刺蛾

"哥哥，快住手！"刷架妹急忙制止，"他们受到伤害，我们就真的成恶魔了！"

突然一支利箭穿来，刷架哥一跃身扑到刷架妹的身上，嗖的一声，刷架哥中箭倒在地上。

刷架妹哀号着："哥哥——"

一霎时，刷架妹感到全身血液横飞，隐藏在她后背上的那一根最毒的刺钻出皮肤。她一个箭步抢到王子面前，用毒刺抵住王子的喉颈，怒目圆睁，气愤地说："你，是一个伪君子——"突然，刷架妹感觉后背上像有两条蛆虫在微微蠕动，她回头看，竟发现有一对稚嫩的翅膀初露头角，她的耳边再次响起母亲的话："我们的祖先是美化人间的飞蛾仙子……"刷架妹满眼泛着哀痛的泪花，默默地收起了毒刺。

有士兵来报，说："后宫中毒者全部死亡。"

"此毒确实厉害。"

蚯蚓们愤怒着："把害人恶魔扔进火坑！"

然而黑蚯蚓御医觉察到了异常，他大声呼喊着："王子，为什么只有你一个人没事……"

士兵越发凶残："杀！杀！杀……"狂叫声淹没了黑蚯蚓御医的呼声。他们一手抵住盾牌，探出长枪，将刷架妹逼出皇宫。

宫外，小土鳖唆使百姓一同起哄："消灭恶魔！"

最终，刷架妹被逼到地下王国最南边的丘陵上，身后有炙热的火焰翻滚着。

她望着蚯蚓王子，眼睛里闪烁着泪花……她迷恋了那么久的面孔，那个曾说要送给自己整座皇宫的人，对自己的情感，不过是空中的幻影，是雨后的彩虹，是一场经风即散的薄雾。树下的蚯蚓士兵挥舞着利器，喊叫着"消灭恶魔！"他们始终无法接受被定义为恶魔的刷马架子，哪怕他们已脱去毒毛刺，拥有纯善高尚的灵魂。她想起了刷架爸，看见了刷架妈掏出来的喜糖和挺身而出的刷架哥。她似乎明白了：刷马架子是害人恶魔的说法在人们心目中已经根深蒂固，如果所有人都肯定谬论，那谬论即是真理……

她的心一下子死了，一扭头甩掉眼角两行晶莹的泪珠，纵身跳进那片滚热的火焰之中。

这时，灰蚯蚓士兵报："在城门处拦截到一只白蚯蚓，在他身上搜查出钠盐，我们剥去他的衣服，发现竟然是一只土鳖。城门外土鳖见事情败露，纷纷逃回陆地。"

白蚯蚓士兵来报："我们发现蟒佗偷了水晶、玛瑙，想要逃出皇宫，已被守卫逮住。"

黑蚯蚓御医说:"我在药锅底部发现了大量毒毛刺,确实是丽绿姑娘用几乎付出了生命的代价救了王子。"

王子这才恍然大悟,立马喝令:"不许伤害丽绿姑娘!"

可已经太迟了。

滚滚火焰中,一缕青烟冉冉飘起。

又有士兵来报:"刷架哥还有呼吸……"

王子转悲为喜,说:"一定要救活美化人间的飞蛾仙子!"

地下王国里,蚯蚓们兢兢业业地疏松土壤,把那些树叶、稻草、畜禽粪便、生活垃圾等净化为土壤的养分……这里随处可见生物遗体化石,徒手就能挖到晶莹剔透的玛瑙、光彩夺目的水晶,一片五彩斑斓的景象。王子望着美丽富饶而又辉煌璀璨的地下王国,又想到了她——那位清纯如泉水的丽绿姑娘,一缕感伤划过他的眼帘。

茉莉花开

夏季里每一个清晨都是清爽的，淡淡的清，温温的爽。一片千姿百态的花圃里，花儿们呈现出一派姹紫嫣红的景象，红的如火，黄的似金，白的像雪。她们正精心打扮自己，展现最妩媚的容貌，以此让人们感到赏心悦目。

一株茉莉伫立在芸芸花簇中，捧着洁白清雅的小脸，恣意地摇曳着待放的花蕾。她迟迟未开，仿佛是在期盼什么。

一只蜜蜂从她身边飞过，他望见洁白无瑕的花蕾，爱慕之情油然而生。蜜蜂对含苞待放的茉莉问道："我该献上什么礼物来叩开你的心窗呢？"

茉莉沉默不语，洁白的脸庞越发显出清雅。

蜜蜂扇动双翅，飞到熙攘的人群中，问道："世间最美的礼物是什么？"

一个孩子不假思索地回答："是美味的糖果。"

一个懵懂少女答道："最美好的是爱情啊。"

一位饱经沧桑的老人说："是金钱。"

蜜蜂带来了大量金钱献给茉莉，但她根本没拿正眼瞧，不屑一顾地把金钱撒向人群。

蜜蜂又为茉莉带来纯金的百花皇冠，将它佩戴在茉莉花蕾上，但茉莉清雅脱俗的脸颊与皇冠格格不入。蜜蜂顿感羞涩难当，将皇冠重重地摔在地上。

蜜蜂飞越千山万水，一路苦苦寻找。他飞到一处池塘，见碧绿的荷叶像一把倒立的伞盖，在微风的吹拂下，翩翩起舞。荷叶上滚动的露珠，是那么晶莹，那么剔透，那么精美，蜜蜂小心翼翼地捧回一滴露珠，把它献给茉莉。

茉莉望着冰清玉洁的露珠，仿佛看见了自己最本质的颜色，惊喜地将它揽入怀中。刹那间，含苞欲放的花蕾层层舒展，次第张开，雪白的花瓣在清风中欢快地摇曳，水灵灵的，一尘不染，仿佛白玉精雕出来的一般。紧接着，在花瓣的簇拥下，亮闪闪的、丝丝缕缕的淡绿色花蕊渐渐露了出来，随即，空气中充满了浓郁而又沁人心脾的清香。

蜜蜂盘旋在茉莉头顶，满心喜悦地赞美道："多么纯净，多么洁白,像一位圣洁的仙子。"

　　茉莉的美丽引来人们由衷的赞美。人们爱慕茉莉的洁白清雅,把她请进温室,但温暖舒适的环境让茉莉渐渐出现枯萎之色。最终,茉莉又重新回到花圃里。

　　一只蝴蝶踏香而来,他携带了红色的花粉,想要落入茉莉花蕊。茉莉为了固守自己冰清玉洁的颜色,立马收拢了花瓣,蝴蝶无奈地飞走了。不但如此,她还谢绝了所有来访者。

　　明媚的阳光下,茉莉像纯净的水晶,像晶莹的玛瑙。她的清新脱俗的花瓣在花红柳绿的花圃里独树一帜,她高傲地摇曳着自己洁白无瑕的信仰。

　　午后,豆大的雨滴没有一丝怜香惜玉之情,劈头盖脸地砸向花圃,打在娇艳欲滴的花儿们脸上。茉莉委屈地哭了,娇嫩的脸上梨花带雨,让人分不清哪是泪哪是雨。灰尘掺和着雨水沾满茉莉全身,洁白的花瓣和淡绿色的花蕊被玷污了。茉莉瑟瑟发抖,但她依然坚毅地昂首挺立,洁白无瑕的脸颊依然向着天空微笑!

　　这时,蜜蜂出现在花圃里,他毫不犹豫地扑向茉莉,用身体护住花蕊,任凭风驰雨骤,雷电交加,始终坚守如一。

茉莉花开

茉莉惊讶道:"啊……你……"

"就让我为你守住这份永恒的洁白。"蜜蜂说。

"何为永恒?"

蜜蜂用坚定的语气说:"我心守我意——"

茉莉的心瞬间被炙热的温度融化了,她收紧每一片花瓣,包裹住蜜蜂,形成一个白色半透明的花瓣球,将它托在高高的茎枝上。花瓣球在阳光下熠熠生辉,经历了多少月落日升,多少风吹日晒……

后来,一场泥石流将整片花圃吞噬……

几万年后的一天,一位考古学家路经此地,在挖掘机挖出的石堆里惊奇地发现了它:"化石?真的是化石!"他把化石举过头顶,透过日光,清晰可见一层一层的白色花瓣,花瓣中间,一只蜜蜂身体呈蜷缩状,紧紧抱着那一株淡绿色的花蕊……

跳 蚤

夜晚，黑暗吞噬掉一切，侵占了光明。

鼠大、鼠二背着玉米棒子走在人烟稀少的荒原，鼠二说："终于快到家了，可累坏我了……大哥，咱妈也太能生了，起初，你一人背玉米棒子够一大家子生活，后来我也开始背了，却依然是缺衣少食。要不是家里还有嗷嗷待哺的八个弟弟，妈也不会支使咱俩在夜里冒险出来活动。"鼠大噘起嘴"嘘"了一声，把嘴凑到鼠二的耳朵根，悄悄说："别出声。"四周的山峰、树木垂下黑森森的影子，越发显得阴森恐怖。鼠大、鼠二相互对视一眼，把脚步声压到最低，安静得几乎能听到对方的心跳声，他们心里都感到深深的恐惧。

月亮洒下银辉，前面有一道线状影子落到地面，他们走近一看,原来是一只跳蚤双脚踩到另一只跳蚤的肩膀上,成千上万只跳蚤以此方式向上依次累积,一张张诡异的脸露出贪婪的笑容。鼠大伸出尖鼻子仔细一嗅,顿感不妙:"逃!"他撇下玉米棒子,撒腿狂奔,但鼠二还是慢了一步……

少顷,一具被榨干血液的木乃伊般的鼠尸体晾在荒原上,不多时,干瘪的尸体竟离奇地消失了,荒原上只剩零星草木,它们在微风下颤颤悠悠地晃动。

这里是一片荒凉的原野,三面环山,有四大家族在此生活:跳蚤、鼠、猫和猫头鹰。四大家族各自占据一方山林,秉持互不侵犯原则,但跳蚤除外。猫头鹰和跳蚤占据同一座山,每只猫头鹰身上寄宿着几千只跳蚤。白天,跳蚤们躺在猫头鹰的羽毛下安心而舒适地休息,偶尔也会吸食几口血液;夜晚,跳蚤纷纷跳跃着离开鹰母,去到猫、鼠、鸟和其他动物身上疯狂地吸食血液。酒足饭饱后,无忧无虑的跳蚤们聚集到山脚下,欢快地跳跃,像风在夜色中掀起了此起彼伏的波浪。黎明之前,他们再寄宿到猫头鹰母身上。跳蚤们亲切地称猫头鹰为"鹰空母舰"。鹰母不单是寄居的温暖巢穴,有时他们还能带回来肥油油的土拨鼠,这时候,跳蚤们会把尖长的嘴插进土拨鼠的身体里吸食血液,并津津有味地吧嗒着嘴,说:"可口,美味。"如果看到猫头鹰钳子般的嘴将要落下,跳蚤们会迅速跳跃着四散逃离,他们可不想跑到他的胃里品尝胃液的味道。

鼠妈硬着头皮找到猫族长,替二儿子申冤:"我们与跳蚤家族一向无冤无仇,鼠二却被活生生吸干血液。你们猫捉拿我们就算了,如今连小小的跳蚤也欺负我们。"她是一只体型略胖,髭须泛白的中年鼠。

鼠二被榨成干尸的缘由:一只鹰母病了,无法外出觅食,跳蚤们替他捕猎。他们会先吸干猎物的血液,然后将尸体送给鹰母。上次他们准备了一具猫干尸,但是鹰母不喜欢,这次便把目标转向了鼠。

猫族长是一只毛色黑白交织的花猫,个头较大。他意味深长地说:"这片区域有几个不成文的规矩:一、鼠必须得在白天活动,对面山里,夜间有成群的猫头鹰狩猎;二、跳蚤须得在夜间活动,白天有捕食他们的鸟;三……"猫族长蹑手蹑脚地绕到鼠妈背后,伸长脖子,用鼻子饶有兴致地从鼠妈的头部嗅到尾巴,又用三瓣形的嘴抵在鼠妈的脸上,说:"多香的美味。"鼠妈吓得心脏扑通扑通直跳,瑟缩着身子,大气不敢出。

跳 蚤 069

猫族长继而转身回到由玉米苞衣做的床榻上，慵懒地侧卧着身，一本正经地说："三、我们猫族不捉邻山里的鼠。"

鼠妈长吁一口气，捶着胸口说："你刚才可吓死我了。"

"不按规矩来，是要受到惩罚的。几天前，我们猫族也有一个被跳蚤杀死了。跳蚤族最近繁衍迅速，族人增多，行为过于嚣张。有几只猫，被跳蚤反复吸血，出现体形消瘦、贫血的症状。"他眼睛眯成一道缝，透出一丝坚定，"我知道有一种专门针对跳蚤的特效药叫芬普尼，我们必须得联手打压一下他们的嚣张气焰了。"

"可是夜晚……"鼠妈吓破了胆，颤巍巍地说。

猫族长说："鼠可以藏在猫的身下，猫头鹰不捉这片山里的猫，规矩就是规矩。"

夜晚，猫和鼠联手对跳蚤家族发起攻击。一些猫故意正面与跳蚤发生冲突，他们上蹦下跳，出言不逊地挑衅跳蚤："叫跳蚤族不剩半根毛！"另一些猫向跳蚤领地伸出一条腿，藏在猫身下的鼠伸出半截身子，待跳蚤跳到他们身上后，他们迅速泡进含有芬普尼的药汁里，静待跳蚤们失去生命体征。这样几天下来，跳蚤家族损伤惨重。

荒凉的原野格外孤寂，跳蚤们纷纷从鹰母的羽毛里跳出来，聚集到谷底。族人从上百万只跳蚤中推选出一只名叫乐乐的跳蚤，他全身黄棕色，头呈三角形，有一对触角，胸部分前、中、后三节，有三对足，后胸及第三对足尤其发达。他后腿格外粗壮，弹跳能力优于其他跳蚤。族人决定让他寄居到人类身上学习先进的文化知识，以改变跳蚤族落后的现状，与此同时，要深入探查可恶的芬普尼到底出自哪里。

跳蚤族长全身深棕色，体型与乐乐相似，他伸出右侧的触角朝向天空（这是他宣布或是裁定重大事项时的标志性动作），义愤填膺地说："猫和鼠想要消灭跳蚤家族，我们势必要壮大跳蚤家族，把猫和鼠从这片土地赶出去！"

所有的跳蚤们都伸出一只触角，齐声高呼："赶出去！赶出去！"

乐乐不负众望，寄居在一位生态环境工程专业的女大学生身上。女孩皮肤白皙，柔软细嫩，身上散发出人类女性独特的芳香。乐乐跟着她一起学习大学课程及人类现代文明。学习的内容涉及水资源、土地资源、气候资源、环境破坏与污染等等，凡是女孩学习到的知识，也一并被乐乐学到。乐乐逐渐对人类产生了好奇心和好感，逐渐拥有了人类的喜怒哀乐。他在书中学到，一些鸟类及其他动物会以跳蚤为食，乐乐意识到弱小的跳蚤要么被残害，要么被吃，生存特别艰辛，壮大和发展跳蚤家族成了他不可推卸的责任。起初，乐乐在这份信念的驱使下，积极为族人服务，族长下达的各项指令，他都一丝不苟地完成，直到一位生物学家的出现，彻底摧毁了乐乐的信念，同时颠覆了跳蚤家族的命运。

渐渐地，乐乐的眼界越来越开阔，学习的知识也越来越多。有一次，乐乐立在女孩的耳朵尖上，陪她看动画片《黑猫警长》，乐乐觉得，那可恶的鼠行为卑劣，思想龌龊，偷盗人们的粮食，糟践农民的血汗，叫他们大坏蛋一点都不为过。乐乐慢慢融入剧情中，深深地被正义威武的黑猫警长折服，他看得热血沸腾，在最后，黑猫警长手举警棍要惩凶除恶，乐乐也伸出一只触角，呐喊着："抓坏蛋！"动画片结束后，乐乐的心情犹如澎湃汹涌的海浪，久久不能平息。女孩熄灭灯，躺在柔软舒适的床上，乐乐附在女孩的胸前,他几乎迷恋上女孩清香沁人的气息。"嗯,对,我要当正义的警察,保卫你的人身安全。"乐乐这样想着,渐渐进入梦乡。

半年后的一个夜晚,一家餐厅里,白色桌椅配上温暖的灯光,让人觉得柔和又温馨。人们各自坐在特定的位置,娴熟又优雅地摆弄着面前的各色美食。这是女孩与男友——一位生物学家第一次约会的场景,生物学家生得英俊潇洒,面目祥和。乐乐附在女孩身上,优美的环境让他忘却自我,绚丽柔和的灯光让他身心陶醉。恍惚间,乐乐心里出现了一面魔幻的镜子,镜子的正面映出黑芝麻粒大小的跳蚤,背面却照出一个超人,正坐在女孩的对面。

之后,乐乐把人类关于食物多种多样的做法介绍到族群。他们点燃草堆准备做烧烤,浓重的烟雾弥漫在荒原上方,缓缓飘向天空。"得有足够的血源。"乐乐若有所思地说。一只大个头的跳蚤胸有成竹地说:"我有办法,跟我走。"一群跳蚤跳跃着跟着他出发了。他们埋伏在一棵树后面,一只年幼的黑猫跑过来,他们一拥而上,紧追慢赶,步步逼近,将黑猫逼到树上,这下,黑猫再也没有退路。大个头跳蚤甩动触角示意:"上!"跳蚤们呼啦一下全部跳到黑猫的身上,长长的尖嘴犹如千万支利箭纷纷插进猫的身体。他们拿一根细长的管插进伤口,另一端伸进一只桶里。不多时,黑猫就被榨成了一具干尸,跳蚤们带着装满血液桶满载而归。他们烤出血酪,又把佐料腌入血块,来个一血多吃:火锅血、麻辣血、清蒸血、油泼血……有一只待产的母跳蚤,闻到荤味就吐,族人取来烤好的百合花给她,她抓起来放进嘴里,高兴地说:"嗯,好吃,清淡。"

在酒精的作用下,所有跳蚤全都兴奋起来,欢快的气氛充满了整个夜空,跳蚤们兴奋地呐喊:"乐乐——最棒!乐乐——最棒!"乐乐成了族群的骄傲。

空中的臭氧被烟熏得上气不接下气。臭氧是一团深蓝色的雾状气体,他在一阵咳嗽之后,顺着烟雾来到谷底,看到残火忽明忽暗,一只只跳蚤四仰八叉地胡乱躺着,甚至还有一只跳蚤的触角不小心被烤焦了,散发出烤肉的味道。"唉。"臭氧摇了摇头,忧心忡忡地回到了大气层。

翌日,艳阳当空,突然有几只跳蚤的皮肤冒起浓烟,瞬间倒地死掉。族长看后,悲愤地说:"皮肤发黑,面目痛苦,像是中毒。芬普尼?难道又是猫和鼠族在作怪……"

有一只鹰母在享用了一只土拨鼠后,竟意外死亡了。

族长经过反复推敲，得出结论："鹰母面色发黑，与死掉的跳蚤如出一辙。"他们更加确信这是猫、鼠族诡计，陷害跳蚤和鹰母。

乐乐跳到族长面前，说："一定是可恶的鼠，我知道他们是世界上顶级的大坏蛋，人类也非常憎恶他们，总是想办法对付他们。"

"得想法子惩治这伙坏蛋。"族长边说边思考。

乐乐跳到一块巨石上，挺直身子，仿佛一位威风凛凛的将军。他凝望着鼠族藏身的山林，正气凛然地说："我是正义的警长，一定要抓住这伙坏蛋，给他们惩罚……"

接下来，经过精心地谋划，乐乐携带着一块油炸血酪，穿梭在鼠族的领地，香味借助风力慢慢向山上蔓延。一只鼠嗅到了香味，试探着接近血酪，可就在他马上吃到美味时，血酪突然跳到前方，不甘心的鼠再次尝试靠近，血酪再次跳跃。就这样，乐乐一路颠颠跳跳地引诱着鼠跑到生物学家面前。生物学家拿着扫把围堵了大半天，终于逮住老鼠，将他带到实验室，罩在小笼子里。生物学家冲鼠做了个笑脸，说："我出差两天，回来后细细研究你。"两天后，女孩到实验室找生物学家，发现了这只鼠。小小的他眼睛里现出哀怨、祈求之情,女孩趁生物学家不注意,偷偷打开关鼠的笼子放走了他。生物学家四处翻找:"鼠呢,我的那只鼠呢?"女孩反驳说:"身为鼠有何过错?他不过是想出来看看阳光,品尝五谷的芳香罢了。"生物学家淡淡一笑,祥和的脸上露出和蔼之色,这件事算是告终了。

乐乐回到族群后,把女孩将鼠放走的事迹如实汇报,还大大赞扬了她宽厚仁慈的胸怀。

"什么情况,偷盗贼也能得到人类的宽容?"族长颇为费解。

族人们也都百思不得其解,诧异地小声嘀咕着。

乐乐意志坚定地说:"一定要让人类看到他们可恶的行径。"他举起触角,对族人喊道:"要叫这伙坏蛋得到惩罚!"

族人簇拥着纷纷举起触角,高呼:"惩罚坏蛋!"

乐乐再次引诱着鼠来到生物学家面前,这回生物学家一发现鼠,立马揪住老鼠的尾巴,把鼠从头到脚彻底观察了一番。生物学家打了一个寒噤,在显微镜的观察下,他发现鼠全身布满了可传染给人的病菌。生物学家原原本本地上报了他的结论,人们在这只鼠身上安放了红外摄像头,通过监控,人们发现郊外荒原的一座山上生活着上万只鼠,整片山林被鼠搅得乌烟瘴气,一片狼藉。人们打算解决掉这些鼠,于是放出大量蛇到山上。来势汹汹的蛇群,削减了鼠的大半势力,把猫族和剩余的鼠们全都赶到了山的另一面,而这些蛇又成了猫头鹰的美味晚餐。

夜晚,这片地区终于消停了,少了猫的叫声,也没了鼠啃咬东西的声音。

跳蚤们如愿以偿,家族势力日益壮大,族长伸出触角铿锵有力地说:"猫和鼠被我们赶出去了!"

所有的跳蚤挥舞着触角齐呼:"跳蚤家族——跳蚤家族!"

乐乐像一位凯旋的将军,英姿飒爽地站在族人面前,高调地说:"我们是正义的象征!"

"正义——正义!"

"跳蚤——正义!"

跳蚤们的呐喊声、尖叫声响彻夜空。

月光下,跳蚤们在不停地跳跃、欢呼,他们又开始了盛大的弹跳比赛。族长作为解说员,介绍道:"首先出场的是大个头,他身长五毫米,触角发达。"所有的跳蚤将目光都聚集到大个头跳蚤身上,他压缩后腿,紧绷着身体,贴近地面，然后像弹簧般猛地发动，身体腾空，他伸长腿于空中翻滚旋转，然后又稳稳地落到山坡上，再次起跳，又稳稳地跳回谷底。族长赞不绝口，连连说："好样的，25厘米！第二位是乐乐，他的后腿格外发达。"跳蚤们目光齐刷刷地落到乐乐身上，只见乐乐一下就跳到了山顶，族长竖起触角，做出崇拜之意，说："哇！35厘米！不愧是我们跳蚤族的骄傲！"族人立马高呼："乐乐——骄傲！乐乐——骄傲！"接下来跳蚤们一一展示各自的弹跳能力，几只调皮的跳蚤将树枝做成弓，借助弹力起跳，嗖的一下，弹出去几道黑影，调皮的跳蚤高兴地喊："我们去找月亮了！"但他们之后再也没能回到族群，最终博学的乐乐给出答案：月亮是跳跃不上去的，他们可能是跳到珠穆朗玛峰上了。族长得意地大呼："跳蚤家族是伟大的，我们可以跳到珠穆朗玛峰上！我们是顶级的跳高冠军！"

"跳蚤——伟大！"

"跳蚤——伟大！"

跳蚤家族沸腾起来。

问题来了，人们虽然缓解了鼠患，但越来越多的跳蚤更让人烦心。生物学家接到了一个重要的任务：尽快解决跳蚤问题。乐乐很不喜欢这位生物学家，但究竟是出于妒忌还是别的什么原因，他也说不上来。自打寄居在女孩身上以来，乐乐没有吸过女孩一次血，他也不允许别人触碰他的心上人。趁一次女孩与生物学家见面时，乐乐瞅准时机，纵身跳跃到他身上，他想知道生物学家究竟哪里与众不同。

次日，乐乐同生物学家一起来到实验室，发现电脑屏幕上密密麻麻的全是他的科研论文："……跳蚤、虱子、蜱虫为外寄生昆虫，跳蚤寄居到哺乳动物或鸟类身上，以吸食血液为主，吸吮同时产生排泄，可以致病……历史上一场延续了七百多年的鼠疫，便是由跳蚤担任媒介，它们携带病菌并广泛传播。跳蚤在某种程度上阻碍了人类发展进程……"乐乐倒吸一口冷气，反问自己："跳蚤百害无一益？"乐乐继续往下看："关于彻底消灭跳蚤，有人提议喷洒芬普尼粉末，有人提议水淹、火烧……生物学家阐述：阻断跳蚤吮吸时的排泄环节，即可阻断传染源。科研重点：一、攻克跳蚤吮吸时排泄的问题；二、改变跳蚤的基因排序，让它们重新以植物为餐……"乐乐吓得差点跌落到地上：要把这些触目惊心的消息传达给族人吗？

皓月当空，茫茫旷野，一望无际……乐乐走在回族群的路上,大脑一片混乱:如果说鼠是大坏蛋,那么跳蚤又是什么呢?比坏蛋更坏?然而仅仅一个坏字似乎已经无法阐述历史上跳蚤给人类带来的灾难……魔,对,罪恶至极,魔鬼二字是更有力的诠释!超人与魔鬼——乐乐的身份突然来了个三百六十度大转弯,正义的象征与万恶的罪犯,乐乐心里的落差可谓是十万八千里呀。好像有两只诡异的跳蚤立在乐乐眼前:一个是尖嘴插进黑猫身体,撅起屁股贪婪嗜血的邪恶跳蚤;一个是身材魁梧,坐在餐厅里优雅进餐的超人跳蚤。乐乐揉了揉眼睛,发现眼前依然是树木的影子,其他什么也没有……乐乐拿触角敲了几下混沌不清的脑袋,他发觉脑子右边装着家族生存意义,左边却藏着人类文明发展……他的大脑严重地病态了,正慢慢走向变态化。

回到族群后,乐乐还是向族人传达了科研论文的重点部分:跳蚤是害虫,在某种程度上阻碍了人类文明的发展。此话一出即遭到了族人强烈地反对。

"你疯了。"

"我们是害虫?"

"你是着了人类的魔道了。"

族长语重心长地说:"我们所有的希望都寄托在你身上,

期盼着你引领跳蚤家族更加辉煌壮大,可最终你却告诉我们跳蚤是百害无一益的害虫。"

"这是生物学家的问题,他研究什么不好,偏要研究跳蚤!"

"我们势必要捍卫跳蚤家族的安全!"

跳蚤们叽里呱啦地吵嚷起来。

乐乐说:"书上说,跳蚤以寄宿方式生存,以吸食宿主血液为生,吸吮同时产生排泄,可致人或动物发病死亡。"

大个头跳蚤跳到乐乐面前,用长长触角抵住乐乐的咽喉,龇牙道:"我们是世界上顶级的跳跃冠军。"

其余的跳蚤喊道:"我们得补充体能!"

"我们得吸血!"

乐乐说:"书上说,跳蚤的生存没有丝毫意义和价值,所以人类发明芬普尼对付我们。"

"又是芬普尼,都是生物学家的阴谋!"族长气愤道,"去吸食他的血液!"

跳蚤们异口同声:"去吸食他的血液!"

乐乐连忙制止:"不能去!在人类面前我们就是一种弱小的昆虫,如果引发跳蚤与人类的冲突,将会给跳蚤族带来灾难。"

"跳蚤家族是伟大的！"

"我们要给死去的同胞报仇！芬普尼——"

"那晚我们烧烤产生的烟尘破坏了相对稳定的臭氧层，导致紫外线直接射到身上而灼伤皮肤，那些死掉的跳蚤，不是药物所致，也与猫族、鼠族毫无瓜葛。"乐乐不厌其烦地解释着。

族长气得几乎要发疯："照你的说法，我们既是害虫，又没有一丝价值，我们就该全部死掉？"这下乐乐彻底惹恼了族长。

"我们要活下去，我们要生存。"

"我们要生存，该吃什么？"

大个子跳蚤愤怒道："叫我们吃什么？"

乐乐垂下了头，他不知道如何回答族人，他小声说："书上说，嗜血是一种万恶不赦的行径……"他想叫族人认清每一只跳蚤的生存的目的和意义，所以他借用了书上的话，似乎书比自己的说服力度要大得多，可是却起了反作用。

族长暴怒："你这个叛徒！你不是跳蚤！"

"不是跳蚤！"跳蚤们异口同声地指责。

族长恶狠狠地说："把他捆绑到树上，晒上三天两夜，看看紫外线是否让他皮肤发黑。"跳蚤们用藤条当绳子把乐乐牢牢绑在一棵松树上。

在族长的号召下,他们很快拿出了解决方案:兵分两路,一路直奔丧心病狂的生物学家的实验室,另一路进攻女孩的住所。

夜晚,跳蚤们来到城市里,在一座高楼里找到正熟睡的生物学家,族长嘱咐说:"注意人类的食指和拇指,它们就像是一把夺命钳子,能轻松地把我们捻在指腹之间,或是把我们夹在两个指甲之间,猛一用力,就把我们杀死了。"数万只跳蚤前赴后继地跳跃到生物学家身上,眨眼间,生物学家身上像是长满了黑芝麻,密密麻麻的,根本分不清哪是胳膊哪是腿。未待生物学家做出任何反应,他的血液就被吸干大半,最后族长下令,几只肥胖的跳蚤狠狠地咬向生物学家的颈动脉,几口下去便吸出许多血液。跳蚤们排泄出像灰尘似的黑色颗粒,紧接着,生物学家昏迷了。人们发现生物学家时,他的身体呈现前胸紧贴后背的扁平状——医院初步给出的死亡原因是失血过多,具体原因有待进一步研讨。

乐乐使出浑身力气,但怎么也挣脱不了绳子,忽然飞来一只鸟,一下一下地在树干上啄食,乐乐立马把头缩到绳子后面，不一会儿，绳子就被啄断了，乐乐赶紧跳开。他回头对留守的族人喊道："书上说的都是真的，真的有鸟吃跳蚤……"

乐乐向女孩的住所飞快地跳跃，此时族人正在啃咬女孩准备排泄，乐乐以最快的速度，利用发达的后腿猛地蹬掉欲排泄的跳蚤们，最终应验了生物学家的论点——阻断跳蚤的排泄环节，即可阻断传染源，女孩获救了。

女孩得知生物学家离世的消息，伤心地哭喊："怎么可能，怎么可能！"她双手抱住头拼命地摇。

女孩心灰意冷，她毅然选择了去国外留学。

乐乐返回生物学家的实验室，他拖动鼠标，一页一页地翻看："早在远古时期，跳蚤的祖先靠吸食花蜜为生。它们长着翅膀和长长的嘴，身体最长可达两厘米，体型是现在的四倍左右。随着漫长的进化过程，它们逐渐过上寄生生活，体型也不断缩小。到现在，它们的翅膀完全消失，长出了与寄生相适应的长嘴，完全靠吸食宿主的血液生存……当宿主染上重疾，跳蚤会悄悄离开，寻找下一个宿主。"

乐乐想象着祖先的美丽样貌，他们长有天使一样的翅膀，曾像人们喜爱的蜜蜂一样以花蜜为食，是多么完美的动物……可如今跳蚤竟堕落到寄生在宿主身上,以吸食血液为生……泪水从乐乐的脸上滑落下来:"跳蚤为什么会演变成现在的卑劣形象——"乐乐用触角愤恨地捶打着头:"为什么?为什么?"他悲伤地倒在电脑桌上,望着四周白色的墙壁,声嘶力竭地喊道:"归还我超人身份——"

月光朦胧,乐乐的心情犹如凝重的夜色。回到族群后,他又站在先前那块巨石上,乐乐黑黢黢的脸有些萎靡不振,他哀痛地宣告:"生物学家因鼠疫死亡,病菌很快会在人群中蔓延。"

族长指责道:"还拿鬼话骗我们,这么多年来,我们吸过多少人的血,他们现在都活得好好的,你信口雌黄说有什么病菌,究竟居心何在?"

"很可能是那只土拨鼠身上有鼠疫杆菌,吃他的鹰母也死掉了。"乐乐推理着,述说着事情的原委。

"我们没有致病菌!"

"只要和芬普尼有关,就得死!"跳蚤们将矛头一致对准乐乐。

这时,大个子跳蚤也回到族群,急匆匆地汇报:"又有一家工厂源源不断地向市面输送芬普尼。"

族长立即跳跃到一棵树上,喊道:"我们要吸干他们的血液，捍卫跳蚤家族的安全，向工厂出发！"

乐乐急忙张开所有的触角和足，用身体挡在族人面前，大声喊道："不要再去了！我们身上携带的致病菌会传播给更多的人，人类将面临一场惨不忍睹的灾难，跳蚤家族也在劫难逃，不会独善其身的！"

"跳蚤不是杀人魔！"

"不是杀人魔！"

"我们要捍卫家族安全！"

"把叛徒绑起来！"

"捉拿叛徒……"

跳蚤们像炸了锅般涌向乐乐，一张张愤怒的脸变得狰狞起来。乐乐看着这群自以为是、嚣张跋扈的族人，心情立时沉重起来，犹如灌了重重的铅。他弓起后腿，跳着逃跑了。

眼下乐乐觉得他已经无处可去，他不知道自己现在的身份是魔鬼般的跳蚤还是正义的超人。他重新来到生物学家的实验室，如今这里有六个工作人员，他们都埋首在做各自的工作。

跳蚤族人真的是冥顽不化、愚昧腐朽、秉性龌龊吗？还是大智若愚、不露锋芒、巧妙地装糊涂呢？进一步想，跳蚤作为一种有生命的昆虫，毕竟得生存，但这生存是建立在嗜血的基础上，要生存就要脱胎换骨做魔鬼，要正义就要灭亡……"举世皆浊我独清，众人皆醉我独醒"，身为跳蚤的乐乐，是选择"浊"与"醉"，还是颠覆人类认知，来个史无前例的巨大反转，坚持"清"与"醒"？……

乐乐又拖动鼠标，从电脑上一页一页翻看人类的历史，从攻克伤寒、天花再到瘟疫，从发明出火药到原子弹，从卫星到载人飞船……从原始文明，到农业文明，到工业文明，再到生态文明……人类几千年坎坷的历史历历在目……

乐乐看完这些，顷刻间，仿佛化作一缕尘烟，悄无声息地消融在浩瀚的宇宙中……与人类风雨同舟、荣辱与共的思想仿佛已经无形无影地渗透进乐乐的大脑，但是，乐乐的本质是一只吸血的跳蚤啊！怎么样才能让二者共存呢？

事情真如乐乐所料，医院源源不断地接收鼠疫患者。突如其来的疫情，搞得人心惶惶，科学家和医生们发现，要想阻止疫情继续扩散，势必要阻断传染源，即铲除病菌根源——跳蚤族群。

有一位小眼睛科学家表明：如果攻克跳蚤的致病环节——排泄，人类就无须消灭整个跳蚤家族。该理论受到了有关领导的重视，领导立即出台意见：重点阻断跳蚤的致病环节。乐乐看到通知后，他又深刻地体会到人类善良淳朴、宽宏大度的优秀品质，他感动得五体投地，怀着万分感激的心情，立即跳到显微镜下。一位科学家发现了这只跳蚤，立即坐到显微镜前，拿起小镊子翻动着乐乐尖长的嘴，竟无意间折断了它。"对，对了。"乐乐忍着疼痛急呼："阻断排泄环节！"乐乐把嘴紧贴到载玻片，夸大了吸吮动作，肚子一鼓一鼓地，然后撅起屁股演示排泄过程。科学家用拿刀片划开乐乐的肚子，里面有白色的黏稠的东西流出来，他摇摇头不解地说："没有特殊的东西啊。"乐乐用一只触角捂着肚子，疼痛令他无法直起腰，他越发焦急："或者，改变跳蚤的遗传基因排序。"他一骨碌躺到显微镜下，触角和足全部朝天："来呀，提取我身体的某段基因，改写组列排序。"科学家忽然笑起来："这只跳蚤真有趣！"就在他和同事打趣时，镊子又意外扯掉了乐乐的两只触角。乐乐垂头丧气地坐在显微镜下，满身伤痕令他万念俱灰："努力全部白费了。"小眼睛科学家重新翻看录制的科研过程，高兴地跳起来："我好像明白了这只跳蚤的意思！它想告诉我们，改变跳蚤的遗传基因排序，或是阻断排泄环节，跳蚤族就不用灭亡。"他看着显微镜下的跳蚤，同情而又深表歉意地说:"这只跳蚤全身是伤,但是它没有逃避,没有退缩,仍坚毅地躺在显微镜下……"乐乐的眼角挂着滚烫的泪珠,高兴地跳起来,说:"只要能拯救跳蚤家族,赴汤蹈火我在所不惜;同时,我也愿意付出全部,帮助人类战胜疫情。"在研究即将进入尾声时,小眼睛科学家因感染鼠疫倒下了,乐乐彻底绝望了。大个头跳蚤带领族群任性而又蛮横的攻击了科学家,然后纷纷跳出窗外,又气势汹汹地冲着另一座楼房奔去。望着跳跃的跳蚤背影,乐乐想起死去的生物学家,历史上有多少优秀的人才就这样被瘟疫杀死了。这一切的罪魁祸首便是一个以嗜血为生存要义的族群……感染鼠疫的人越来越多,学校停课、工厂停工,街道一派萧索。

严峻的形势迫使人们不惜一切代价紧急消灭跳蚤,最终他们决定:火烧整个跳蚤族,以绝后患!

人们想利用乐乐找到跳蚤族群,但发现最小的摄像头也没有办法安置到跳蚤身上,人们再次陷入困顿……有人发邮件邀请女孩回国,帮助他们渡过难关。乐乐从电脑屏幕中看到了久违的女孩,那张温馨可人的脸,让乐乐的心里再次出现那面魔幻镜子,一个英俊的超人从镜子背面走出来,他对着电脑屏幕深深地吻着女孩的脸颊……两行热泪夺眶而出，乐乐轻声说："不要回来，不要回来。相信我，有我在。"他着实担心女孩是生物学家那样的下场。乐乐想起了像天使一样的祖先，祖先是否容许后代这样罪恶呢？事情是该做一个了结了，此后地球上再也没有跳蚤这一物种——乐乐暗自做出决定。他看到桌子上有一个红色的线团，转身跳过去，扯住线团一端，把它缠到被人类割开的腹部上。乐乐忍受着疼痛，带着满身的伤，腾的一下跳到门框上，再跳到走廊。乐乐的心犹如坠着千斤巨石，他离族人越近，这巨石越沉重。乐乐的心在滴血。科学家看到地上的红线，似乎明白了跳蚤的用意，立马紧紧攥着线的另一端，像放风筝般放一只仅有五毫米的跳蚤。科研人员沿着线跑出楼房，来到大街，人们停止了各自的事情，面面相觑，用质疑的目光看着这些戴着眼镜的科学家们，相互猜疑着："可怕的鼠疫，把人搞疯癫了。"科学家一路跟着乐乐，跑出城市、村庄，穿过平原，人们累得上气不接下气，最后来到一片三面环山的荒原。

族长看到乐乐身后的人类，愤怒道："捉拿叛徒！"乐乐淡定地立在原地，没有逃。乐乐再次被绑住所有的足，被挂到树枝上，他的身体悬荡在半空。

人们点燃了火，瞬间，熊熊大火从谷底向山坡蔓延，火苗漫天飞舞，整个跳蚤家族无一幸免，在火海里苦苦挣扎，乐乐感到万箭穿心般刺痛……

臭氧再次来到谷底，望着漫山遍野跳跃的小小火球，满脸质疑："乖乖，今天是把自己给烧烤了。"听了这话，乐乐突然想到生物学家就跳蚤家族灭亡与存留问题发表的阐述：改变跳蚤基因排序，让它们重新以植物为餐……想到这里，他猛地用力扯断了两只足，挣脱绳子，冲进火海，在滚滚浓烟里找到一只待产的母跳蚤，扑灭她身上的火，用力把她推出火海，满怀期待地瞅着她的肚子："但愿跳蚤的后代都以植物为餐！"跳蚤们挥舞着火球拳头冲乐乐扑来，怒骂道："家族败类！"乐乐坚定地站在烈火中，一动不动，任由火焰把他完全吞没。

一个月后，女孩回国了。她到户外做田野调查，意外地发现了许多鸟的尸体，在一番大费周折的解剖后，原因很让人意外——它们都是饿死的。女孩为跳蚤申请了相关政策，并针对烟尘污染提出了保护环境的建议。后来，人们在山谷里寻找了好几天，好不容易找到了两只跳蚤——都是那只母跳蚤的后代。他们将跳蚤带回实验室，进行培育繁殖。科学家将一只后腿格外发达的跳蚤放到显微镜下，研究它的弹跳和旋转能力。

就培育后的跳蚤是否放归自然,让它们重新寄居到鼠类、猫类、鸟类身上一事,科研人员向上级发出了申请。

等待回复中……

许久不见

已不知有多少时日,你在你的世界里,我在我的世界里;你见不着我,我看不到你。

见到你时,你满身黄绿,已褪去青涩和腼腆,双眼泛出灵气,像极了一只肥硕的梨子。我满心欢喜,你终于成熟了,再不会惊扰起少时懵懂的情愫和曾经那些激情澎湃的岁月。许是带有一些埋怨,你淡淡地说:"你来了。"总之是我不该许久不来见你,我的脸色略显苍白,我一双无神的眼望着你,虚弱地说:"我病了——大病了一场。"你呆呆地挂在原地,任由风把你的身体荡来荡去。看着自己那些泛绿的痕迹,你立时显得颓丧起来:"我尚不能翻手为云覆手为雨,再许我一些时日吧。"看你伤心的样子,我满心愧疚,喃喃地说:"我等——等到铁树开花我也得耐心等。"

回想初见你时，你英姿飒爽地伫立在小区绿化园里，每一枝杈都生出密密的嫩绿的叶，于纷繁的叶片中开出朵朵粉红色的花。不久，花瓣根部衔接着一个个小小的青绿色的果，一簇一簇的。它们挂在枝杈间，小脸泛着青涩，清香四溢。我立在你面前，心里满满载装了一船粉红色的星辉，漫溯在我粉红色梦幻的海洋里……你说："我两手空空，但你不能说我一无所有。"我扑哧一下子笑了，你就木讷到不会说句别的吗？你青涩的小眼睛眨巴眨巴，怎么也不敢直视我："每一天，每一刻，每一秒，我都在集天地之精华，吸日月之灵气，熔炼成盖世之才时，愿一生一世守护你，守护万家安康。"我不禁萧然地打量着你，不敢轻言应对你这凌云之志，但期待你"风刀霜剑严相逼"后那成熟的光荣时刻。

再见到你时，你遍身深黄色，你的人生彻底通透，达到了巅峰，浓郁的清香飘然而来。我满脸憔悴，大病未愈。你看着我瘦弱的病躯，鼻头泛起了红，心疼的声音在打战："来呀，让我为你祛除湿邪，舒展全身筋络，在你柔情蜜意的肢体里，我甘愿化作一粒细胞，护你一世周全，你不要来分辨我是人是鬼。"听到"人""鬼"，我感慨万千，凝望着充满阴霾的天空，浑身瑟缩着。经历了"一年三百六十日"的风餐露宿、寒光剑影，总要小心翼翼地看这个世界。我轻轻地摇头，笑了笑："纵然治得了病，又怎治得我命！"我怏怏地转身走了，回到了人鬼混杂的世界——我多么渴望自己就是屈原笔下的那位美丽妖娆，赴会时满含热情与希望的"山鬼"！

再再见你时，未见到你。人们说你在某个夜晚坠落了。

我久病终于渐愈，细细品读了你留在枝杈间的遗言，一遍又一遍："别了，Dear，别了，好多年了，我终于拾起了天地——做一番男人该做的事业！若有来生，我依然守候在我们初次相遇的地点，只问一句：为何不来见我。"那些孤寂的夜晚，你饱尝了多少从天黑默默等到天亮的滋味；你历经了多少风吹日晒，多少冷眼讥语，多少悲欢离合。你的心太重了，承受了日月，承受了天地，承受了万家灯火——你重重地摔到地面，脸部磕破了一块皮肤，裸露出鲜亮的皮肉。我要把你放到哪儿，哪儿？我望着满树的空枝，发疯般地找你，寻你的一丝气息，书橱、衣橱、电视柜……这些你喜欢去的老地方，我都去了。人们和我说，你被切成薄片，然后被加工，正被送往各地医院……我呆呆地立在天空下，黯然神伤。

几天后，树下有一堆软绵绵的深棕色的中药残渣。你已经灰头土脸,兀自突立在最上端,像一个"会当凌绝顶"的巨人,就要告知全世界,你完成了自己的宏图大愿!你用脉脉含情的眼神痴痴地望着我,凝望着我,似乎在向我倾诉。这一世,你我有意犹未尽的风花雪月。我泪眼婆娑,将变成薄片的你捧在手心,向着蔚蓝的天空许一个来世:在那个有风、有雨、有雪、有春花、有秋露、有月夜、有薄雾的世界里,我不再做你伤口的幽居者,放你自由,还你真身,做一回真正木讷的木瓜——啊!

音　符

　　夏日，城市的夜晚格外繁华，夜色席卷大地，马路尽头拐弯处，有一片偌大的空地，从店铺里投射出来的光映得地面一片光亮。

　　一位眉清目秀的文艺青年（某艺术学校大一学生），站在空地吹奏着笛子，乐曲宛转悠扬，百转回肠，时歌时泣……笛声最为动容时，音符倏然飘出，她穿着一身白色过膝纱裙，一缕青丝漫过腰际。她飞落到店铺的霓虹灯牌子上面，微微斜身坐着，背椅粉墙，静静地观望：认真吹奏的文艺青年，少许驻足的听众，马路上匆忙而过的行人，喧闹行驶的车辆……

　　马路对面，各类小商贩正在摊位前招揽着生意，卖水果的，卖青菜的，还有一个卖鱼的。卖鱼的商贩体内的音乐细胞似乎被激发出来,他时不时朝这边观望。笛声悦耳动听,他竟径直穿过马路,驻足在文艺青年旁边,用心倾听,全神贯注地领会音乐带给人的愉悦。然而摊位前来了顾客,他立马转身以百米冲刺的速度跑回去照顾生意。

一位外科医生匆匆走过,他正焦头烂额地思考明天的手术。

穿过厚重的墙壁,音符看见了为冰糖而哭的小女孩,为爱坚守的痴情女子,正大吵大闹的夫妻,撕破脸皮的手足兄弟……

"啊——原来啊,不是我不够美丽,只是生活过于现实。"音符在一番寻思后,想:让他们改变一下会是什么样子?奇迹发生了,第二天,卖鱼的商贩家里的钱堆得如一座小山,医生也轻松地拿下相当困难的手术。

半月后,夜幕再次降临时,音符伴随文艺青年再次来到老地方。文艺青年再次吹奏起笛子。音符落座原位,看到卖鱼的摊位如今空空如也,透过玻璃窗,她看到医生正在桌前大肆炫耀如何轻松拿下那场手术……笛声兀自飘荡在空中,余音缭绕,漾起千层涟漪……卖鱼的商贩开着豪车,慢悠悠地经过,向文艺青年投出不屑的目光。文艺青年身边依然是两个孩子和三个老人……一对逛街的小情侣路过,女孩停下来,男孩却毫无兴致地拉起女孩的手欲走,女孩甩开男孩,男孩生气地一个人走远。一个衣着朴素的男孩走过来,站在女孩的身边默默倾听。突然下起雨来,男孩赶紧脱掉外衣为女孩遮雨,两人跑着去找避雨的地方。

音符望着夜幕下城市的街道,一个小孩一手挽住妈妈,一手握住爸爸,一家三口悠闲地穿过马路;一对耄耋夫妻手拉着手蹒跚在人行路上,时不时地停住脚步,把嘴凑到对方耳边,絮叨几句;一个丈夫扶着即将临盆的妻子赶往医院,他小心翼翼地搀扶,生怕这个世界惊扰了小小的生命……暑假结束前,音符悄然回归笛子。

夏末城市的夜晚,熙来攘往的人群如潮水一般,霓虹灯隐约朦胧,亦真亦幻。马路上有卖水果的,卖青菜的,那个卖鱼的商贩还在老地方做着生意……

紫花精灵

传说，紫花地丁和紫菀之间有着一段鲜为人知的恩怨，一个书生把这个离奇的故事记录了下来。

从前，天庭里有一位大将军，他身材高大，面容威严，二目炯炯有神，眉宇间隐隐透着几分英气。一天，他下凡出巡，体察民情，路过一座巍峨高山，山势雄伟，树木郁郁葱葱，芳草葳蕤，鲜花吐芳争艳。半山腰处有一石洞，洞旁生有一片紫色的花，这种花地上无茎，叶片呈长圆或长圆卵形，花柄很长，共五片紫色的花瓣。他们带着一抹神秘的色彩在微风中微微颤摇。其中一株花的花柄特别长，高出同伴不少，她高挺着含苞待放的花蕾，在紫色花丛中前后左右地摇晃着细长的花柄。

大将军走上前，好奇地问："你在做什么？"

"难道你看不出来吗,我在跳舞啊。"紫色花蕾说。

大将军仔细看,发现她确实像一位身姿柔软的女子在展示曼妙的舞姿,说:"还真没注意,经你一说,倒是有几分像。"他看着含苞待放的花骨朵,越发疑惑,问:"你怎么不开放?"

紫色花蕾说:"我日以阳光为餐,夜以甘露为食,早已经感染了人类的喜怒哀乐、悲欢离合,我渴望一段情真意切的恋情,便在此等待意中人的到来。"

大将军说:"你只是一朵花呀。"他觉得紫色花蕾的想法有些怪异。

"不。"紫色花蕾摆了摆高高的花骨朵,"旁边这些是我的族人,叫紫花地丁,他们外形美观大方,还拥有神奇的功效。我不仅有他们的功效和外形,还有人类的情感,所以族人们都叫我紫花精灵。"

大将军被逗乐了,居然嘿嘿地笑起来,这可是在天庭没有的乐趣,那里每一位神仙都板着一张脸,总是一种威严不可侵犯并且高高在上的样子。他觉得紫花精灵特别有趣,最起码她很坦率、真诚、勇敢。大将军也有意逗她,说:"你开放后,不也是紫颜色的花。"

"那可不一样。"

大将军一愣，不知她说的不一样在哪，便说："不妨你开出来看看。"

"我只为我的恋人绽放，我希望第一眼看到的是他，最后一眼看到的同样也是他。"

"哦！痴情得很哪。我觉得紫花精灵这个名字不适合你，嗯，花痴——更符合你。"大将军故意说。

"你不懂。"

大将军见紫花精灵略有生气之意，气氛有些尴尬，转身欲要离去。

紫花精灵恳求道："你能帮我问问，有谁能与我一起体验一次人世间的恋情吗？我愿意付出我最真挚的情感。"

大将军答应了她，然后离开。他走遍千山万水，但没有人愿意做紫花精灵的恋人。他想也许紫花精灵是一时兴起，像那些任性的孩童，突然想要某个玩具，结果睡过一夜后，什么都忘记了，再也不提玩具一事，紫花精灵兴许就是这样的想法。他思索后，没有去给紫花精灵答复，而是直接返回天庭，后因琐事过多，紫花精灵的心愿被他彻底忘记了。

五年时间过去了，紫花精灵迟迟不绽放。王母娘娘得知此事，大怒道："四季更迭，春有百花秋有月，夏有烈日冬有雪，谁敢逆着时光行走，违背自然规律！"她命大将军到人间调查此事。

大将军来到人间，见到紫花精灵时才想起五年前的事，不免心生几分愧意，却又不得不履行职责，说："你怎么还没有开放？"他双手捧着紫色花蕾，向天空飞去。

途中，紫花精灵满心欢心地问："大将军，我等了您五年。可是找到愿意做我恋人的人了？要带我去见他吗？"

听后，大将军更加惭愧："你快开放吧，不然要受罚了。"

"我不怕。"紫花精灵倔强地说，"只要能与恋人在一起，我无惧风雨，愿意接受各种磨难。"

大将军的心猛然震颤了一下，他被她的执着和不折不挠的精神深深打动，又被她念念不忘和真切的情感熏染。谁不渴望拥有一段刻骨铭心的恋情呢？大将军也是有情之人，他不觉地放慢了速度。

"我想把我听到的、感受到的美好世界都讲给他听。"

大将军应了一声："哦。"

"你知道吗，每一次下雨，都是我最欢乐的时候，如丝如缕的雨像在演奏一首美妙动听的音乐，轻柔和缓，缠绵又哀怨。听说雨后天空会出现一道彩虹，我希望能和恋人一起去看绚丽的彩虹……"紫花精灵说。

大将军被紫花精灵的纯真浪漫感动，他不禁流下了一滴泪，而这滴眼泪正落在花蕾上，霎时，紫花精灵怒然绽放，露出灿烂的笑容。紫花精灵看着眼前威武俊朗的大将军，蓦然心动，她说："啊，我第一眼看到的是你，你同我感受到的世界一样美丽，我希望最后一眼看到的还是你。"紫色花瓣充满了浪漫与幻想的气息，紫花精灵的痴情令大将军动容，他仿佛走入一片美丽的紫色天地，这里花香四溢，云雾缭绕，大将军沉浸其中不能自拔。他返回人间，把紫花精灵放回山洞旁边，从山脚下取了一朵不知名姓的紫色花蕾带回天庭。这株紫花看上去与紫花地丁一样，因此无人发觉。

往后的日子里，大将军虽然身在天庭，心却留在了紫花精灵那里，他时不时地朝下界观望，看到片片绽放的紫花，花瓣娇嫩鲜亮，熠熠生辉。他时常幻想紫花精灵渴慕的恋情究竟是怎样一番风花雪月，他觉得自己同紫花精灵一样沾染了多愁善感的情思，他的某种浓烈的情感被紫花精灵彻底激发出来。

那株紫色花蕾被带到王母娘娘面前，阴差阳错地受

罚。

　　王母娘娘头戴金簪，身穿凤冠霞帔，面若银盘，肤如凝脂。她怒斥道："你扰乱四季和时间规律，此后天书里不再记载有关你与族人的任何信息。"

　　受罚后的紫色花蕾回到山脚下，越想越觉得憋屈，一肚子怨气无处发泄，她看着身边的族人，说："我们以后就叫紫苑，我们的冤情终有一天会得以昭雪的。"

　　几株紫色花都说："对，我们要一直控诉。"

　　于是，一张张紫色的小脸夜夜朝着天空申诉，叫喊："紫苑，紫苑。"

　　有一天夜晚，一位天神出巡，他听到山脚下有大喊"紫苑"的声音，便前去察看，问明缘由后回到天庭如实向王母娘娘汇报。

　　王母娘娘得知事情的来龙去脉后，怒斥大将军："可笑至极，天庭大将军竟爱慕一株紫花！"她抹掉大将军的记忆，将他贬到人间做凡人的将军，让他历经磨难将功补过，待功德圆满时，才能回归天庭。王母娘娘还罚令紫花精灵化身为一只人人唾骂的白色狐狸，让她饱受漫骂与屈辱。

　　被错罚的那株紫花，得到天庭补偿的一颗仙丹，她服用后即刻化身为一位美丽的紫苑姑娘，还拥有了与日月同龄的寿命。

紫苑姑娘身着紫衣，身姿纤细如垂柳，如今又寿比日月，该十足满意欢心才是。然而她一想到此后天书中永不记载族人，心中不免感到遗憾与怨恨。紫苑姑娘回到人间，在山脚下用紫苑花搭成房屋，她就住在这里。后来她听说紫花精灵被贬罚为一只白狐，受到人们的谩骂追打，心中大感痛快，但觉得似乎还不够。她常常爬到山上观望，一旦发现白狐的生活过于平静，便想法生出些事端。

天庭里其他神仙，有些也过着无所事事的日子，像太上老君，他在无聊时，喜欢观望人间。太上老君穿着一身白色长袍，他是一个有着雪白头发和胡须，慈眉善目的和蔼老人。这日，他见几人拿着树枝抽打白狐，还不停地叫骂，白狐胆战心惊，整日躲在山洞不敢出来。太上老君不禁心生怜悯，悄悄送给白狐一颗仙丹，白狐服用后立即化身为一位美丽女子，她同样身着一袭紫衣，身姿妩媚，唇红齿白，透出一种温婉的神情。

紫花精灵化为人形后，依然没有忘记自己的初心，她夜夜在月光下起舞。"月儿呀，"她仰望着月亮说，"我的恋人在哪里？"

树枝上的一只燕子看到跳舞的紫花精灵，说："漂亮的人。"

山洞的旁边有一片紫花地丁,其中一株紫花地丁说:"紫花精灵,你真是花痴。"

有几株紫花地丁跟着嬉笑:"没错,花痴。"

燕子附和道:"花痴。"

"她是狐狸精!"有一株紫花地丁用很大的声音说,"她就是一只白狐,化身成了女人。"

"狐狸精专门迷惑男人,吸人阳气,会害死人的。哈哈哈——"紫花地丁们说着,都笑起来。

紫花精灵瞬间双颊绯红,羞赧地说:"都是我害了大将军。"

"谁?"

"大将军。"紫花精灵怅惘地说,"听说他被贬罚了。"

"就说嘛,狐狸精可是害人的。"紫花地丁们嚷嚷着。

"连你们也说我,笑话我。"紫花精灵不被族人理解,颓丧地低着头。

一株紫花地丁把盛开的花朵歪到紫花精灵的身上,悄声说:"听前来采蜜的蜜蜂说,昨天山下驻扎了大队人马,听说全是男人呢。你还不快去挑选一位英俊的恋人。"

其他紫花地丁都笑起来。

紫花精灵 107

又有紫花地丁说道:"你可不要吸他的阳气哟。"

紫花精灵说:"可我忘不了大将军。"

"哟——哟,真是痴呢,花痴……"

"狐狸精——"

紫花地丁们说着说着,忍不住哈哈笑起来……

紫花精灵觉得自己似乎真的是狐狸精,她对紫花地丁说:"你们可不能笑话我,要知道,我们都是一个家族的。"

一株年长的紫花地丁说:"不笑,不笑。我们都是紫花姊妹。"

可是,那些使劲憋住笑的紫花地丁最终还是没忍住,一个个都笑喷了。

燕子看着这些笑得前仰后合的紫花地丁,也不禁笑了:"紫花精灵——花痴——狐狸精!"说完,拍拍翅膀飞向丛林深处。

天上的星星偷偷地闭上眼睛睡着了,紫花精灵也钻进山洞进入梦乡。梦中,她看见大将军手捧着紫花地丁站在她面前……

再说大将军,他被贬到人间的一户贫穷人家,自小习武,练得一身本领,长大后效力于朝廷。兵荒马乱之时,大将军奉命出征,平息战乱。一天,他们在山脚下安营扎寨。行军劳顿,加上天气炎热,许多士兵后背长出疔疮。虽说疔疮称不上大病,却也一时间令士兵无力迎战,整个部队只得暂作休养。

将军问营中的郎中:"可有好药医治?"

郎中说:"附近无可用的草药。今晨我观望这座深山,山上草木茂盛,群鸟丛飞,想必山中会有一些草药。"

"那就进到山中去。"将军说着,遂起身与郎中前往山中。

郎中与将军一路攀爬、采挖。

紫花地丁们远远看见两人在弯腰弓背地攀爬,一人身背竹篓,另一人衣冠楚楚,他们一路攀岩而上。紫花地丁们呼叫着:"紫花精灵,紫花精灵——"

听见叫声,紫花精灵从山洞里钻出,手里握着一株紫花地丁。

这时,将军和郎中正爬到山洞处,忽见一女子从洞中出来,不禁感到惊奇,将军问道:"姑娘从何处来?"

紫花精灵说:"我生在这片山中,长在这片土地,头枕岩石,眼望苍穹,年复一年地守着这片紫花地丁,人们都叫我紫花精灵。"

将军说:"紫花精灵姑娘,我等奉命出征迎战,因路途遥远,士兵多半饱受疔疮之害,我与郎中来此山中挖卓约,医治红肿热痛之疾。"

紫花精灵说:"这些紫花地丁,常年吸食雨露,久经岁月沉积,化得苦、辛、寒性味,正可清热解毒。"

将军大悦,他细看紫花精灵,只见她风姿绰约,眉目含情,看得他一时春心荡漾。

将军生得威武不凡,英姿飒爽,紫花精灵亦是芳心暗动。两个人在记忆的深处努力寻找有关对方的信息,一时间忘记任何言语。但是,将军无论如何都找不到有关紫花精灵的记忆。

郎中瞥见紫花精灵手中的紫花地丁,蹿到两人之间,拿过紫花地丁,折断叶柄,把它塞进口中,略微咀嚼后被苦得面目扭曲,说:"苦,真是苦——就是它!"

郎中立即放下竹篓,一棵一棵地采挖紫花地丁,不多时便挖满一篓。

紫花精灵顺便嘱咐道:"外敷加内用,功效倍增。"

郎中应声:"知晓,知晓。"然后背上竹篓拉着将军往山下走。

将军边走边回头望,紫花精灵立在山洞旁,若有所思,默默地目送他们。将军似乎读懂了紫花精灵眉眼间的情意,他开口说:"待我荣归故里时……"可话还没说完,他就被郎中拉着走远了。

见过将军后,紫花精灵确定他是大将军的化身,自然是喜不自胜。入夜后,紫花精灵坐在紫花地丁丛中,手托着下巴,仰望星空。

一株紫花地丁说:"是他吗?"

紫花精灵说:"就是大将军。"

"他说,他会来。"

"我要等。"紫花精灵说。

"花痴!"那株年长的紫花地丁说。

"狐狸精,不要再害他了。"

"我本无心害他。"紫花精灵委屈地申辩,"只恋一世便好。"

往后岁月,她觉得整个世界更温柔美丽了。

山中的紫花精灵,心思单纯,烂漫天真;山下的紫苑姑娘,本也纯正无邪。两株与世无争、各自吸食天地精华的紫花,只因一场误会,紫苑姑娘把一切怨恨都记到紫花精灵与大将军身上。将军上山采药相遇紫花精灵一事被紫苑姑娘看在眼里,她想,狐狸精毕竟是狐狸精,怎么可以取得人们的信赖。

染疾士兵喝了熬制过的紫花地丁,病情人有好转。第二日,将军率领士兵出征迎战,营帐中留下几个尚未痊愈的士兵。

将军走后,蒙着紫色面纱的紫苑姑娘便早早来到营帐,献出紫苑花,郎中错把紫苑当作紫花地丁进行熬制,但喝过药汁的士兵的病情未见一丝起色。紫苑姑娘趁机说:"那女子是山中的狐狸精,紫色花确实没有任何功效。此前是她狡诈地施法迷惑了将军和众人。"

郎中思忖后说:"我也心生疑惑,深山老林哪里来的女子?想必真是狐狸精变化的。"

在紫苑姑娘的煽动下,两个士兵跟随紫苑姑娘前往山中探查究竟。爬到半山腰时,他们果真看到一个女子从山洞中出来,士兵不分青红皂白地叫嚷着:"狐狸精!"

紫花精灵听到有人叫骂狐狸精,有些心虚,便转身逃进洞内。

士兵们见她慌慌张张的样子,认定了她是狐狸精。他们守住洞口,在洞口点燃湿草,滚滚浓烟飘向山洞,洞里充满了烟雾。紫花精灵呼吸困难,即将被熏晕时,被迫变回白狐,不多时,她一头倒地,失去知觉。

几日后,将军凯旋。他来到山中,却不见紫花精灵的身影。忽然飞来一只燕子,落到将军肩膀上,叽叽喳喳叫个不停,接着拍拍翅膀飞飞停停,一路向山洞飞去。将军一路尾随燕子进入山洞,只见洞内一片漆黑,他只得点亮火把继续前行。终于,燕子停在洞的最深处,将军依着火把的光亮,看见一只白狐蜷缩在石壁下,她身体羸弱,呼吸微弱,似患大病。将军蹲下察看,只见白狐已被烟雾熏瞎了双眼。他抱起白狐冲出山洞,悲恸万分。夜幕下,将军的哀痛声响彻天空。

经多方寻医问药,将军听说山顶道观中有一位道长可医治百病。将军抱着白狐马不停蹄地前往求见。见到道长后,他捧出自家的祖传宝贝——两枚紫水晶,欲作酬金。将军慷慨地说:"医好眼疾,水晶归你。"

道长穿一身灰色长袍,头戴混元巾,一副仙风道骨的样子,一看就是位奇人异士。(这位道长便是后来那位少年的曾曾师祖。)道长也绝非贪财之辈,见来人诚恳,回说:"念将军护百姓安宁,也是有功德之人,我甘愿倾尽毕生所学为其医治。"说着拿起两颗紫水晶放进白狐的眼内,双手遮住白狐的双眼,施一道法,只听他口中念出一字:

"亮。"之后，白狐缓缓地睁开眼睛，一双紫色瞳孔分外娇媚。白狐恢复视力后，独自回到山洞，她不想再连累将军。

将军回到营中调查残害白狐一事，谁知那两个士兵听到风声，心虚不已，私下里悄悄商量后，决定来个恶人先告状，拟书信一封上报朝廷，大体之意：将军神志昏聩，不辨忠良，受一狐狸精魅惑……古有妲己祸国殃民，今有白狐魅惑军心……将军被狐狸精迷惑的流言蜚语像阳春的柳絮，借助风势，迅速扩散。

不久，将军的母亲听到此传言，一病不起，她怎么会相信自己一手养大的儿子与一只狐狸精有染呢？这是多么有损于颜面、愧对祖宗的耻辱。更有邻人指责道："不肖子孙！"母亲的病愈发严重，危在旦夕。

将军得知后，沉思片刻，郑重地说了一个字："孝！"他即刻起身再次去道观恳求道长，说愿意把自己所有的阳寿赠予母亲，以报答母亲多年的养育之恩。只见道长手举一只宝葫芦，将葫芦嘴朝下对着将军头顶的百会穴，口中念道："吸。"一股白色的纯阳之气，飘飘然钻进葫芦里。道长以同样方法把阳气加到将军母亲的寿命里。交出阳寿后，将军立马变成了一个耄耋老者，他寿命将绝，形容枯槁，步履蹒跚地朝山中石洞走去。

此时朝廷发出缉拿将军的命令，接到命令的士兵们找遍整座山也没有找到将军。紫苑姑娘指着山中的一位老者说："他就是将军，狐狸精吸干了他的阳气，她马上要吸别人的阳气了。"顺着紫苑姑娘的手指，士兵们看见一个骨瘦如柴，两鬓斑白，满脸皱纹的老人。一人大声喊道："缉拿将军者有赏！"士兵们立马操起兵器，向着年迈的将军冲去。

将军颤颤巍巍地向山洞攀爬，吃力地进入洞内。士兵们追到洞口，听说狐狸精也在内，不敢贸然进入。他们在洞口内堆放了干柴并点燃，这些干柴噼里啪啦地燃烧起来。士兵们移来一块巨石把洞口牢牢堵住。

白狐见到将军后，大惊失色，曾经英武俊朗的他如今已是风烛残年。

将军慢腾腾地伸出手抚摸着白狐，声音低微地问："你是否依然认得我？"

白狐轻轻走近将军，依偎在他怀里，用头一个劲地蹭将军的手，似乎在表达一种深切的情愫：纵使尘世的风霜把你摧残得面目皆非，可我一眼就知道那是你，于万千人中，你的心跳着与众不同的声音……烟雾弥漫在整个洞穴，将军与白狐相依相偎，任由烟雾吞没他们……

是夜狂风骤起，火苗借助风势蹿出石洞，蔓延至整座山，又似万马奔腾般气势汹汹地向山下的村庄奔袭，附近的几个村庄无一幸免。

漫天烟雾惊动了天庭。众多神仙观望这场人为的灾难，频频摇头，似惋惜，似同情，似气愤。太上老君向王母娘娘求情道："何不圆紫花精灵痴情的梦，让他们美满地过一世，之后自然是尘归尘，土归土。"

王母娘娘也起了恻隐之心，说："依，就让他们以白狐身份相处一世吧。"

于是，太上老君向石洞里抛下两根洁白的毛发。

多年后的一次地震，让洞口巨石碎成两半，滚到山下。两只白狐从洞穴里钻出，那只雌白狐有着紫颜色的瞳孔，美丽极了。历经火灾劫难后，这里已是一片荒山野岭，毫无生机。两只白狐开始了开荒之路，他们用嘴叼来花种、树种、草种，用前爪扒坑，埋下种子，如此反复，几年之后，山上长满了花草野果，漫山遍野充满了盎然生机。两只白狐如胶似漆，左右相伴，形影不离。黄昏日落时，他们便坐在山头，你靠着我，我依着你，任由余晖洒遍整座山。银白色的月亮冉冉升起,头顶上的星星也都静悄悄的,生怕打扰两只缠绵的白狐……又过了几年,山的周边渐渐有了人家,每当饭时,会升起袅袅炊烟。

有一天,蒙着面纱的紫苑姑娘来到山中,认出了这两只白狐。于是,她怂恿毒蛇说:"谁能得到紫色水晶,便可以与日月同寿,两枚水晶就藏在雌白狐的眼睛里。"毒蛇听闻,立即展开行动,他蛮横地闯进这片山,咬伤了附近的村民后,流窜到山中。中毒的村民未能得到有效的救治,相继身亡。村民深受其害,人人闻风丧胆,无人再敢进山。毒蛇闯进这片美丽的山后,满山找寻雌白狐,突然在山洞旁与两只白狐相遇。那只雄白狐龇牙咆哮,对峙一会儿后,为了尊严,同时也为了捍卫领地主权,雄白狐与毒蛇展开了激烈的生死决战。雄白狐死死咬住毒蛇的七寸之处,毒蛇立马使出缠裹大法,牢牢束缚住他。雄白狐始终没有松口,欲与毒蛇来个鱼死网破。雌白狐眼看着雄狐陷入僵局,心急如焚,她转到毒蛇的头部,一口咬下去,毒蛇在垂死挣扎之际咬向她的腿,但毒蛇毕竟是强弩之末,渐渐松开了身子,也松了口。雄白狐慢慢从毒蛇身体里抽出身子,雌白狐感到全身麻木,毒性开始发作,不一会儿便昏迷了。雄白狐悲痛凄凉地哀号着,望着深山密林茫然无措。他隐约看见山脚下有一座道观，于是背起重伤的雌白狐朝山下走去。

　　道观内有满院子紫色的花草，像一片圣洁而又神秘的人间仙境。一位少年正忙着给这些花浇水。雄白狐立即上前抱住他的腿，频频磕头，恳求他的帮助。少年心领神会，上前查看，见雌白狐一只后腿上有三个血点，伤口处有浮肿，她呼吸急促，胸廓起伏明显。依据伤口面积和雌白狐的症状，少年断定她是被毒蛇咬伤。

　　他转身面向那些紫色的花，刚伸出手又缩回来，因为他想起了师父走时千叮咛万嘱咐："看管好紫花地丁，不许任何人入观！"他老人家曾经给少年讲解过紫花地丁的功效，把它们视作圣草，自从他种下这些紫花，便紧闭观门，再没有对外开放过。少年想，想必是师父不想叫外人知道，也不想救治外人吧，可眼下雌白狐危在旦夕——雄白狐看出了少年左右为难，他又频频磕头，把头磕破了，有血沿着额头流下来，他双眼噙着泪水。见状，少年心生怜悯，便挖出两株紫花地丁，将一株碾碎敷在雌白狐的伤口，另一株熬成汤汁喂给她。每天如此，多日后，雌白狐的伤渐渐愈合。

　　这天，道长云游归来，发现有两只白狐住在观里，又见少了紫花地丁,顿时大发雷霆,对少年大喊:"此物专为你师母而种,人间凡夫俗子都不配使用,更何况还是一只狐狸!"

"师父,弟子觉得,凡是世间物都应有受用世间物的权利,无论是什么物种,都应该救他们一命。"少年委屈地辩解。

"冥顽不化!"道长训斥道。话音刚落,突然间,道观轰然倒塌(道观是师母的化身),道长惊奇地睁大眼睛望着那些断壁残垣,自语道:"你怎么又怪我!"说完他想转身离去。

少年见师父真是动了肝火,苦苦哀求:"师父,不要丢弃我。"

雄白狐慌忙跑上前紧紧抱住道长的腿,欲替少年求情,道长训斥道:"孽畜!都是你惹的祸,你们的寿命已尽,她为救你而中蛇毒,你又跑到我的观里,用紫花地丁延续她的寿命……"道长越发气愤,但转眼看到地上苦苦哀求的白狐,心生怜悯:"也罢,念你一片感恩之情,便让你幻化一番,布施恩德,以此抵消你们一世的罪孽。"说罢,道长一扬手,施法把雄白狐变为一座道观。于是,在老道观倒塌处,又生出了一座新道观。

道长沉思片刻，对少年说："你要多种紫花地丁，种足九万九千九百九十九棵之日，便是为帅归来时。"说完，道长进入观中，半个时辰后方出来，然后径自走远……其实，道长是在观内把少年的身世写在了小册上，并将其封在供桌下面的瓦罐里。

道长走后，天神奉命来到道观，对雌白狐说："你为圆一世的梦，竟祸及无辜平民。你与大将军罪孽深重，以后望你广施恩德，方便百姓，种足九万九千九百九十九株紫花地丁之后，大将军才能恢复真身。"

雌白狐双眼满是泪花，她看看庙，再看看那些紫花地丁，磕头拜谢。

说完后，天神来到山后面，在那座由紫花筑成的房子里找到紫苑姑娘，说："你与紫花地丁恩怨已了，望你莫要再牵连无辜，天庭命你北上冀州种植紫苑，以消除一世罪孽。"

紫苑姑娘听后，心想：天书上都不记载紫苑了，为何还要种植？她心中虽然不快，但还是低声应允："是。"她收拾行装准备启程。

交代完一切事后，天神脚踏浮云飘升至半空，又对着道观提醒道："大将军，记得，一旦动情落泪，你将立马化身为一片湖泊。"说完,天神向天庭飞去。

自此,少年打开道观的门,广接香客,为自己与白狐赎一生之罪。

此后,来烧香请愿的人源源不断,遇到对紫花地丁有所求者,少年慷慨馈赠。少年与白狐相依相伴,齐心协力栽种紫花地丁。后来少年长成青年,青年又熬成老人,直至老死,也未能种足他所期待的那个数字。听闻他在生命的最后一刻,依然在种植。他临终时,只有白狐陪伴在他身边,他的手颤抖着抬起,白狐顺着手的方向看去,看到了院子里一株一株的紫花地丁。老人带着遗憾走了。后来,道观由于无人打理,渐渐地,尘埃落满供桌,屋顶挂满蜘蛛网,墙壁变得灰暗陈旧……只有那只白狐依然守着道观,一到春季,她就用嘴衔着一粒粒种子,用前爪刨出一个小坑,播种紫花地丁……日复一日,年复一年,白狐就这样满怀期待地守候着道观,悉心照料着紫花地丁。

多年后,一个风雨交加的夜晚,一个书生闯进道观。他点亮油灯,将其放到供桌上。白狐见有陌生人,迅速躲起来。借助灯光,她看到书生身穿一件黑布长袍,腰间系一条金黄色的腰带,一副文质彬彬、朴实文雅之相。书生一抬头，被一团白色的身影吓得一哆嗦，他壮着胆走上前仔细看，发现是一只有着紫色瞳孔的白狐，她的身体蜷缩成一团，吓得瑟瑟发抖。书生调侃道："小东西，我吓你，你吓我。"观里清净淡雅，鸟语花香，适合读书习画，书生决定住下来专心读书。日子一久，白狐与书生熟悉起来，渐渐成了朝夕相处的伙伴。白狐性格温顺，常常像一只黏人的猫咪一样趴到书生的腿上，索要温柔的抚摸。许多次，书生望着白狐美丽的身形，若有所思地说："听闻狐狸都是漂亮的美女，我与你相处以来，未曾见你变化过。"他正在看一篇关于"狐狸精"的文章，感慨道："书中说狐仙们能探知人的过去和未来，是吗？"他看着白狐紫色的瞳孔，试探地问道："你能看破我的前世与来生吗？"白狐没有吭声，看向供桌下面的瓦罐。

今年的春天来得格外早，有一群金腰燕飞到庙中，他们头与尾部的羽毛是黑色，腰部羽毛是金黄色，像是扎着黄金腰带。金腰燕们用尖嘴衔住紫花地丁枯萎的叶片，飞到道观的廊檐下筑巢。书生看着这些忙忙碌碌的燕子，想起了小时候母亲经常讲过的一个故事：母亲婚后多年未孕，膝下无儿，难免寂寞。家中每年春季都会有金腰燕飞来筑巢垒窝，母亲也会精心地在院子里撒上食物，喂养他们。一年秋季，燕子围绕着母亲低低地飞翔，与母亲告别。母亲取出了食物喂给燕子，燕子吃饱后，凝望着母亲，许久才离去。没想到这次一别，燕子再也没有回来。母亲一直痴痴地等，她跑到龙王庙里祈祷，希望燕子平安归来。回家时，母亲发现庙旁有一株草木，上面缀满橘红色的小果，她摘下一颗品尝，竟有淡淡的甜味，母亲便采摘了许多回家食用。不久，母亲怀孕了，来年春天生下了书生。书生记忆最深刻的是，母亲经常拉着他的小手，指着燕子的窝，感伤地说："怎么还不回来。"母亲始终惦念牵挂那只未归的燕子。书生自小动作敏捷，身形矫健，他走到哪里，都会有一群金腰燕围绕在他身边。

  庙比往年热闹起来，有了书生，又多了一群金腰燕，道观内显得生机勃勃，热闹又温暖。

  但来道观的人们却不这么想，他们看到书生与白狐朝夕相处，认定了书生因为白狐而荒废学业，甚至村庄里谁家孩子病了、谁家遭了灾难等都要算到白狐的头上。"狐狸精又要来害人了"，这句话像风一样飘进每个人的耳朵里。人们七嘴八舌地絮叨着，扰得书生无心看书。面对他们"好心"的提醒，书生一直无动于衷。

有一日，几个村民趁书生进入林中采野果，用网抓走白狐，将她捆到山下一棵树上，欲将白狐的皮剥下来，缝制御寒皮衣。书生正兜着野果走在林间，忽见一群金腰燕飞来，盘旋在天空，叽叽喳喳地叫。书生立马意识到白狐有危险，他撇掉野果，脚下生风一般跑到树下，夺下屠夫手中的刀子。白狐幸免于难。

盛夏过后，转眼到了科举考试的时间。

书生即将奔赴考场，他爱怜地抚摸着白狐，一人一狐难舍难分。书生心中确实放心不下白狐，但又爱莫能助，无奈地说："我走后，只剩你自己了，如果人们还加害于你，你该怎么办？"他四下观望这座道观，心里隐约觉得白狐与道观有一定的关系，不然她不会历经这么多艰辛苦难，还对道观守候如一，不离不弃。他怀抱着白狐，在观里来回踱步："我带你一起走可好？"

白狐依然静静的，紫色的眼睛透露出些许哀愁之色，默默地流出了两滴泪。

翌日，书生坐在窗前正聚精会神地读书，耳边却响起了悲伤的哭泣声，那声音由小渐大，很是伤心。书生心生疑惑：荒山野岭，人烟稀少，怎么会有男子的声音？他起身到处找寻,但一无所获,可他分明听到一个男子的哭泣声。

书生重新坐到窗前,但那哭声还在,竟叫他无法专心读书。书生疑惑地走到供桌前,恭敬地问道:"究竟是谁?为何如此伤心哭泣?"

只听一个男子悲伤的声音仿佛从墙壁、屋顶发出,带着歉意回答:"我听到你要带走白狐,悲痛万分。"

"你究竟是谁?"书生更加困惑。

"你每天都能看见我。"

"每天?"

"我就是这座道观啊。我在此地有三百年了。"

书生抬头打量着道观,历经风吹日晒,霜打雨淋,他身上留下了沧桑岁月的痕迹。

"那是为何?"书生不解地问道。

墙壁又发出声音:"很久以前,我身为天庭的大将军,出巡时发现一株含苞待放的紫色花蕾……"他把故事的来龙去脉娓娓道来,书生边听边把这个故事记下来。

书生被这个故事深深吸引,愤懑不平地斥责:"那道长真是不近人情。"

"其实,我们都误会他了。老道观轰然倒塌的一瞬间,他明白了是师母埋怨他,他清醒地意识到,人不能活得那么自私。于是他把少年留在此地,目的是想让他种出更多的紫花地丁,救治当地百姓。他知道无论如何也种不到九万九千九百九十九棵。"道观说。

说话间,一片水已经漫过书生的脚。

道观说:"快离开这里,带着白狐走。只要我一流泪,这里很快会化成一片湖泊。"

白狐趴在供桌下面,水已经没过她的爪子,但她神情依然平和,丝毫没有离去的意思。

"有一个小册在瓦罐里,是道长临走时放进去的,快拿走它。"道观焦急地说。

书生俯身钻到供桌下,在瓦罐里一阵乱摸,手碰到一个小册,书生赶忙将它抽出来,翻开卷本看到了一个故事。

书生被离奇的故事吸引,纵使水已经淹没到他的胸部,他竟丝毫无察觉。

原来,多年前,道长夫人得一病,她双侧乳房红肿热痛,多方医治无效。道长翻遍医书,最后得知紫花地丁可治此病,于是他找遍了整座山,将仅有的几棵紫花地丁带了回来。

村里有一位妇人亦患同病,道长夫人善良忠厚,不忍见妇人受疾病之苦，遂把药悄悄送给她。不久，师娘病亡，她安息的坟墓后来变成一座道观。院子里土壤肥沃，是因为她希望在自己的胸怀里种出更多的紫花地丁，救治世上受此病困扰的百姓。

后来道长得知此事，迁怒于整个村子，遂施法用一张遮雨网将此地的上空遮挡住，让一滴雨也落不下来，叫百姓饱受干旱之苦。

被救治的妇人听说道长发怒，又感念夫人的恩德，便把刚刚生产的一个男婴送进观中，以此来赎罪。孩子渐渐长大，道长便交给他一些种子教他种植。这个孩子便是后来的守庙人。孩子的母亲长跪在东边的一座龙王庙前，祈求龙王降雨，帮百姓渡过难关，龙王见妇人虔诚，时不时地在遮雨网底下打个喷嚏，下一场及时雨，解百姓燃眉之急。后来，村里人见此法可行，便带着丰厚的祭祀品朝拜龙王，龙王更是喜不自胜，自然有求必应。有一天，王母娘娘掉下一枚红色耳坠，它竟在此地化生出一株草木，结出许多橘色的果实，人们把它们叫作枸杞子……后来，一位多年不孕的妇女，天天食用枸杞子，不久后竟生得一个男婴，男婴长大后进京赶考，雨夜路过一个道观，观里有一只紫色瞳孔的白狐……

书生看到这里幡然醒悟："男婴是我……可是后来那……"书生继续往下看时，道观彻底消失了，一片碧绿的湖泊淹没了书生和白狐。书生慌忙把刚记下的故事与这个小册放在一起，用油纸包裹，放回瓦罐。水大口大口地呛进他的嘴里，他无力地扑腾了几下，便没了呼吸。书生与白狐，彻底消失在湖底。湖面归于平静，像一面绿油油的大镜子。

许多年过去了，湖泊的周围长满了紫花地丁，盛开的紫花为湖泊增添了几分美丽。湖边有一棵垂柳，它所有的枝条都垂落到湖面，像一个忠诚守卫的士兵。湖泊内多种水草各据一片湖面，各自生长着。生长最茂盛的要数湖中央的一株水草了，它的叶片呈长圆形，叶柄很长，径直探出水面，花瓣有五片，呈紫色。时日一久，水草吸足了日月灵气、天地精华，竟然结出了一个淡紫色的球形果实，它像水钻一般高傲地于湖中央闪着莹莹烁烁的光。

黄昏，太阳刚刚收敛了金晖，淡紫色小球滚落到水面上，啪的一声碎成几片，从中跳出一个美丽的少女。她身着一袭紫衣，有一双紫色的瞳孔，清灵空幽，充满了神秘色彩。她的身体轻盈得像一片羽毛，能在水面自由地行走。

许久不见

一只金腰燕飞过湖泊时首先发现了她,惊呼着:"瞧,多美的人!"

湖里的小鱼们快乐地跳跃着,说:"是啊,是啊。我们要不要称她为美人?"

金腰燕说:"她叫紫花精灵,那个小册里记着她的故事。"

"我的故事?"紫花精灵听了燕子的话诧异地问。

金腰燕飞到湖边,落到一个瓦罐上,说:"就是这里。"

紫花精灵跟着金腰燕来到湖边,从瓦罐里拿出两个册子,看完册子里的故事后,她觉得这些过往仿佛历历在目,爱与哀愁渐渐装满她的心房。她望着碧绿的湖泊,觉得仅仅因为自己的一个心愿,便叫大将军历经了几百年的苦难,满心羞愧地说:"湖泊是大将军的化身。"

金腰燕拍拍翅膀,说:"他一动情就流泪,眼泪就会化成湖泊。"说完便向湖心飞去。

紫花精灵心里充满了哀伤。她在册子最上方写下"青水湖"三个字。她不知该如何抚慰大将军,便说:"大将军,让我为你跳一支舞吧。"紫花精灵乘着风在湖面上翩翩起舞,她的身体那么轻盈,那么柔和,仿佛是一只美丽的白天鹅任意舒展着自己那对自由的翅膀。金腰燕欢呼着,湖岸的花草也都欢呼："紫花精灵，紫花精灵！"她用脚尖撩起湖水向岸边撒去，湖水滴落的地方便长出一棵棵紫花地丁……从百花怒放的盛夏到落叶纷飞的秋，直至雪花如柳絮般漫天飞舞，天地一片白茫茫，紫花精灵依然夜夜为青水湖欢舞。夏日里她会睡在硕大的荷叶下；秋日会编织金黄的落叶做床榻；冬日在青水湖边，紫花精灵住在用雪花建成美丽的雪白房子里。

当紫苑姑娘完成使命，回到故居时，发现道观已经荡然无存，取而代之是青水湖。紫花地丁与紫苑之间的这段恩怨虽然已有几百年，但紫苑姑娘依然无法释怀。眼看着湖边紫花地丁越长越多，而自己的紫苑家族尚无一丝功效，无一人知晓他们的姓名，她便十分嫉妒且怨恨。她想，得想个委婉的法子阻挠，这样天庭便无从怪罪。于是她告诉人们紫花地丁是药食同源，人们蜂拥而至，来到青水湖边挖紫花地丁。紫花精灵看着这些络绎不绝的前来采挖紫花地丁的人们，不得不忍痛割爱，只能日复一日地不停地栽种紫花地丁。

东海深处的龙宫里住着东海龙王，他身穿一身紫袍，威武庄严，气宇不凡，高大的角长在额头上，白色的龙须从嘴唇垂到胸部。龙王在闲暇之余，来到龙王庙，发现近来供奉者稀少，问过当地百姓后他才明白，原来在不远处的山脚下，无缘无故地冒出一片青水湖，百姓们取此湖水灌溉庄稼，庄稼生长茂盛，硕果累累，百姓津津乐道。所以，来此供奉者寥寥无几，龙王庙香火日渐稀少。

龙王听后心中不悦，气得他直跺脚。土地公公乖乖地从土里冒出来，他见到龙王，小心翼翼地说："龙王有何吩咐？"

龙王问道："我问你，可知道湖泊的来历？我怎么从来没有听说过？"

土地公公说："这地原先是没有湖的，湖的前身是一个道观，紫花精灵的前身是白狐，她要种足九万九前九百九十九棵紫花地丁……"土地公公把几百年间发生的事情细细述说。龙王听后，气愤道："湖泊还想复身？既然他破坏我香火，我就让他永无恢复之日！"龙王想着，摇身化为龙体飞到东海上空，落进海里。

几日后，狂风大作，龙王带着虾兵蟹将气势汹汹地奔着青水湖而来。

金腰燕围绕着堤坝低低地飞着，因为他们的翅膀感受到了阵阵湿气。

适逢天神出巡人间，他看到这一幕，疑惑地问道："天庭未降旨布雨，燕子为何要低飞？"

金腰燕肯定地说："我们的身体感受不会出错，不出两个时辰，准会下雨。"

听后，天神立马返回天庭将此事回禀王母娘娘。

龙王到达青水湖后，不由分说地命令虾兵蟹将毁坏所有的紫花地丁。

说来奇怪，他们前脚刚铲除紫花地丁，转过身去，又有新的紫花地丁神奇地冒出来。见状，龙王火气飙升，怒吼道："既然拔不得，就用水淹！"龙王飞至半空，张开大嘴，喷出瓢泼大雨。

湖水顿时泛起浑浊，水位火速上涨，即将冲垮堤坝，湖泊里的鱼虾们躁动起来。一朵朵紫花愁眉不展，紫花精灵焦急地徘徊在堤坝上。"紫花精灵，紫花精灵……"一声声呼救传入紫花精灵的耳中。

湖水努力压制上涨的情绪，伤心地说："身为道观时，你为我种下了九万九千棵紫花地丁，就在大功即将告成之时，我没能忍住分别带给我的悲痛，一流泪，让三百年间的紫花地丁被湖水淹没。如今，你再次为我种下九万九千九百九十棵紫花地丁，若能再种九棵，我的劫数便可圆满，能恢复成真身……可现在我已无法全身而退……"

湖水放声大哭，水面像被施了魔法般火速上涨，最后水流奔涌而出，紫花地丁瞬间被洪水连根拔起，冲向远方。

紫花精灵看着那些被摧毁的紫花地丁，心痛难忍。她向金腰燕伸出手，金腰燕飞来落在她手心。紫花精灵恳求燕子说："你一定要答应我，以后岁月里，你要继续种植紫花地丁。"金腰燕看看紫花精灵，又看看龙王嘴里源源不断的雨水，不知所措。

紫花精灵走上已经被水漫过的堤坝，她捧起一捧湖水，抛向空中，飞在空中的湖水幻化出大将军俊朗的面容，但随即幻影又被雨水打乱，随同雨水一起落入湖泊。望着湖水，紫花精灵伤心地说："大将军，我的最后一眼依然是你——我做到了！我愿意以我区区之身护住这些紫花地丁，希望你早日功德圆满，恢复大将军之身，返回天庭，不再饱受风吹日晒之苦。"随即，她展开两臂，双脚下陷化作泥浆，慢慢没过全身，直至身体全部化为泥土，筑成一道高耸而牢固的堤坝，围住了湖水……

金腰燕这才缓过神来，他沿着堤坝飞翔，哀伤地说："我不种，我不种，就要大将军永生永世陪着紫花精灵。"

这时，天神从天而降，传令道："东海龙王听令。"

龙王见到天神，乖乖地收住嘴。

"龙王擅自布雨,违反天条,速回天庭受罚。"

龙王独自前往天庭。

紫苑姑娘看见山的背面一片晴空万里,山的前面青水湖上方却下着瓢泼大雨,于是绕到山前来想一探究竟,正好碰上天神。

天神说:"紫苑姑娘,你与紫花地丁的恩怨天庭都已知晓,念你宣扬紫花地丁功效,颇为有功,再者,王母娘娘为弥补过失,将你的家族更名为紫菀,特恩赐紫菀功效为:润肺下气,化痰止咳。紫菀和紫花地丁永世载入药学史册。"紫菀姑娘听到天庭对紫菀封赏有加,又念及大将军与紫花精灵几经艰辛磨难,便把这段恩怨彻底放下,回到家族,悉心培植紫菀。

金腰燕叼起小册飞到天神面前,说:"青水湖。"

天神接过小册,说:"燕儿,你想要这样的恋人吗?"

"要,要。"继而金腰燕摇摇头,又说,"只要一世就好。"他拍拍翅膀向着湖面飞去。

天神对着湖泊哀叹道:"本来今日便可种足九万九千九百九十九棵紫花地丁,我本是奉命前来恭迎大将军回天庭,哪料被龙王搅局。大将回归天庭之时,又不知何年何月。"说完,他手持两本小册,脚踏浮云向天庭飞去。

湖面恢复了平静，湖水清澈见底。微风拂过湖面，掀起道道涟漪，荡漾出多姿的粼粼波光。一道高耸坚固的堤坝夜以继日地守望着碧绿的湖水，堤边垂柳摇曳，紫花暗语……

金腰燕在湖泊上方飞翔，时而急速下滑，时而翅膀紧贴湖面，时而落到堤坝上，衔起堤坝上带湖水的泥浆，飞到屋檐下，一点一点地堆砌。他希望大将军和紫花精灵不再被风吹雨淋，希望温暖的阳光如丝丝蜜意侵入他们的心房。后来，成群的燕子沿袭了金腰燕的习俗，衔起堤坝上带湖水的泥浆，飞到屋檐下垒窝筑巢……